혜주에게

들어가며

이 소설을 구상하기 시작한 것은 어느 퇴근길에서였다. 다른 날들과 크게 다르지 않은 평범한 수요일. 코너를 돌 때마다, 몸이 왼쪽으로, 오른쪽으로 기울어지는 만원 버스에서 무심코 바라본 하늘에는 아름답게 번지는 저녁노을이 걸려있었다.

아름다웠다.

어떤 날의 추억을 떠올렸다. 앞으로 다가올 일을 모른 채, 그저 이대로 머물러 있을 거라 믿었던 어떤 날을. 이유를 설명할 수는 없지만, 그 순간 나는 알게 되었다. 우리의 시간은 다르게 흐르고 있고, 이제는 다 괜찮다는 걸.

그리고 나는 이 소설을 쓰기로 했다.

목 차

들어가며 3

첫 번째 편지 묶음 9

    첫 번째 편지: Hey, Jude 11

    두 번째 편지: 달항아리 16

    세 번째 편지: 월식 21

    네 번째 편지: 그리다 24

    다섯 번째 편지: 겨울비 29

    여섯 번째 편지: 겨울 나무 33

    일곱 번째 편지: 열다섯 36

    여덟 번째 편지: 숨겨진 마음 42

    아홉 번째 편지: 그림의 쓸모 47

두 번째 편지 묶음 53

열 번째 편지: 벚꽃연가 55

열한 번째 편지: 여자 친구 61

열두 번째 편지 : 아노락을 펄럭이며 69

열세 번째 편지: 나뭇잎 사이로 74

열네 번째 편지: 데이트 78

열다섯 번째 편지: 비밀 82

열여섯 번째 편지: 세레나데 86

열일곱 번째 편지: 너라는 세계 92

열여덟 번째 편지: 넘어져도 괜찮아 97

열아홉 번째 편지: 선택 100

스무 번째 편지: 아버지 104

스물한 번째 편지: 나무백일홍 108

스물두 번째 편지: 태풍 116

스물세 번째 편지: 빛과 어둠 123

스물네 번째 편지: 좋은 사람 127

스물다섯 번째 편지: 이해 134

세 번째 편지 묶음 139

　스물여섯 번째 편지: 두 번째 월식 141
　스물일곱 번째 편지: 열정 145
　스물여덟 번째 편지: 함박눈 150
　스물아홉 번째 편지: 새해전야 155
　서른 번째 편지: 어디서 무엇이 되어 161
　서른한 번째 편지: 예술과 시간 166
　서른두 번째 편지: 두부찌개 170
　서른세 번째 편지: 다정하게 176
　서른네 번째 편지: 공중을 날다 181
　서른다섯 번째 편지: 용기 186
　서른여섯 번째 편지: 샌프란시스코 190
　서른일곱 번째 편지: 4월의 눈 195

에필로그 201

나가는 글이자 또 하나의 편지 207

첫 번째 편지 묶음

첫 번째 편지: Hey, Jude

혜주에게

오랜만이야. 잘 지내고 있어?

이렇게 시작되는 편지를 너에게 보내고 싶었어.

이 편지는 오래된 편지야. 글자를 종이 위에 쓰는 건 지금이지만, 너에게 보내는 이 글을 써온 건 아주 오래되었어. 얼마나 오래되었는지 나도 기억나지 않을 정도로, 그렇게 오래.

나도 모르게 너에게 건넬 말들을 고르고 있었던 것 같아. 흔들리는 만원 버스 안에서 문득 고단하다고 느꼈을 때, 단골 식당 창문에 폐업 안내문이 붙었을 때, 텔레비전에서 연예인들이 밝은 목소리로 신년 카운트다운을 외칠 때, 하얗게 빗금을 그으며 갑작스레 소나기가 쏟아질 때, 붐비는 지하철 출입구 계단을 다닥다닥 붙어 걸어 올라갈 때, 첫 끼니로 서늘한 편의점 삼각김밥을 한입 베어 물 때, 먼 곳에서 난 사고 소식에 순간 가슴이 철렁할 때, 우주에 대한 책들이 꽂힌 책장이 서점의 조금 더 구석진 곳으로 자리를 옮겼을 때, 늦은 밤 쇼팽의 에튀드를 작게 들을 때, 그 다정한 피아노 소리가 자꾸 허공을 맴돌아 오래 잠들지 못할 때. 그럴 때면, 나는 너에게 보낼 말들을 떠올렸어.

어쩌다 보니 그 말들은 점점 더 커지고, 생생해지고, 무거워졌어. 그 말들을 담고 지내기 버거울 정도로.

그래서 생각해 본 거야. 글을 써보면 어떨까? 조금이라도 가벼워지고 싶었거든. 처음에는 편지가 아니라, 다른 걸 적어보았어. 생각나는 아무거나. 정말 아무거나. 하루 동안 무슨 일이 있었는지를 적는 평범한 일기처럼 말이야.

어제는 수업하러 가기 전에 간단히 장을 보았어. 그날 아침에 먹은 계란이 냉장고에 남은 마지막 계란이었거든. 슈퍼에서 나오는데, 누군가가 네 이름을 부르는 것을 들었어.

"혜주야!"

잘못 들었나 싶었지만, 또 들렸어. 밝고 또렷하게 "혜주야!"라고 부르는 소리. 나도 모르게 목소리를 따라 고개를 돌렸어.

다행인지, 불행인지, 너는 그곳에 없었어.

다시 한번 어떤 목소리가, "혜주야!"라고 부르자, 커다란 빨간 우산을 든 작은 여자아이가 가게에서 밖으로 뛰어나왔어. 엄마와 아이로 보이는 두 사람은 서로 마주 보고 웃더니, 내 쪽으로 걸어왔어. 짧게 자른 단발머리가 빗방울처럼 반짝이는 아이였어.

그 아이가 쓴 빨간 우산이 하나의 붉은 점처럼 작게 보일 때까지, 나는 그 아이를 지켜보았어.

혜주. 네 이름을 알려주던 날, 너는 이름이 좀 특이한 편이라고 말했어.

혜주라는 이름이 왜 특이한 건지 이해가 안 되어 내가 고개를 갸우뚱하니, 너는 이름을 불러보면 안다고 말했지.

혜주.

너의 이름을 발음해 보았지만 조금도 특이하지 않았어. 너는 내가 너무 성급하다고 했어. 그렇게 빨리 부르면 알 수 없다고. 아주 천천히 불러야 한다고 했지.

그래서 나는 다시 네 이름을 불렀어. 천천히. 혜~주라고.

그러자 내 목소리에 맞추어 조금은 낮은 목소리로 네가 노래를 불렀지.

Don't make it bad. Take a sad song and make it better.

비틀즈의 노래, 헤이 쥬드였여.

아버지가 비틀즈를 너무 좋아해서, 헤이 쥬드를 빨리 발음한 '혜주'로 이름을 지었다고 너는 좀 곤란한 투로 말했지. 사실 좀 창피한데 아무도 먼저 눈치채지 못해서 다행이라며.

그때를 떠올리며 네 이름을 불러보았어. 천천히, 혜~주라고. 그리고 그때 네가 그랬던 것처럼 비틀즈의 헤이쥬드를 네 이름에 이어 불렀지.

노래를 흥얼거리다, 고개를 들어 세상을 다시 살펴보았어. 네 이름이 울린 세상이 어떻게 달라졌는지 확인하려고. 당연히 그 짧은 시간 동안 무엇이 크게 달라졌겠어.

하지만 정말이야. 세상은 달라져 있었지. 빗방울은 조금 더 차가워졌고, 바람은 조금 더 천천히 흘렀어. 희미한 낙엽 향이 섞인 공기는 더 촘촘해졌고, 날카로운 울음소리를 내며 솟아오른 검은 새는 회색 구름 사이로 멀어져갔지. 어느새 겨울이 다가와 있었어. 바로 얼마 전까지만 해도 여름이었던 것 같은데.

문득 예전에 우리가 함께 봤던 영화가 생각이 났어. 사랑했던 기억을 잃어가는 연인들에 대한 영화. 그 영화처럼 지금 우리는 서로를 잊어가는 중일지도 몰라. 이렇게 아무렇지도 않게 계속 시간이 흘러간다면, 언젠가는 너도 내게 아무것도 아닌 그런 사람이 되는 걸까? 아니, 어쩌면 이미 너는 나를 잊었을지도 모르지.

순간, 마치 누군가가 스위치를 탁, 내린 것처럼 세상의 모든 빛들이 윤기를 잃어버렸어.

그렇게 나의 어제 하루는 멈추어버렸어. 그냥 처음부터 그렇게 되기로 정해져 있었던 것처럼, 모든 사물이 그저 나를 빗겨 흘러갔지. 대신 네 이름이 어제 하루 종일 내 심장 위에 머물렀어. 손쓸 겨를도 없이 내 마음속에서 점점 깊게 번져가는 네 이름의 동그라미들을 난 그저 바라보았어. 예전처럼 억지로 멈추려 하지는 않았어. 애쓴다고 멈춰질 동그라미라면, 애초에 생겨나지도 않았을 테니까.

그동안은 막연히 두려웠었어. 감당할 수 없을 거라고만 생각했거든. 뭘 어쩔 수 있는 것도 아니니까.

어제는 달랐어. 너를 잊은 척하고 산다고 너를 잊게 되는 건 아니란 걸, 이 세상 누구보다 내가 제일 잘 알아. 어쩔 수 없는 건, 역시 어쩔 수 없는 거야. 그 어쩔 수 없음이 나를 더는 도망치지 않게 해주었지. 너에게 하고 싶은 말들을 편지에 적기로 한 거야.

그동안 글을 아무리 써도 마음이 가벼워지지 않았던 건 가장 하고 싶은 말들을 차마 할 수 없어서였어. 내 마음에 있는 말을 글로 옮긴다 해도 우리가 달라질 건 없겠지만, 아니, 우리가 달라지길 원해서 하는 것도 아니지만, 이제는 말하고 싶어.

네가 보고 싶어.

네가 보고 싶어, 혜주야.

두 번째 편지: 달항아리

오늘은 그림 이야기로 시작할게. 글을 쓴다는 건 내게 좀 어색한 일이거든. 언제나 더 편한 건 그리는 거니까. 그림 이야기를 하며 용기를 내보는 거야.

그린다는 건 내게 너무 자연스러운 일이야. 마치 밥 먹거나 세수하는 것처럼, 그냥 매일 일어나는 일. 군대 훈련소에 있을 때, 내가 제일 낯설었던 게 뭔지 알아? 그림을 그릴 수 없다는 거. 불편하기도 하고, 신기하기도 했어. 그림을 한 장도 그리지 않고도 하루가 갈 수 있다는 걸 그전까지는 몰랐거든.

어쩌면 그림 그리는 것밖에 몰라서, 편히 살아왔는지도 모르겠어. 남들이 다 하는 미래에 대한 고민이 아예 없었으니까. 그림 하나밖에 없으니, 선택이고 아니고가 없었던 거지.

가끔은 내가 두 개의 삶을 사는 것처럼 느껴져. '그림을 그리는 삶'과 '그 외의 삶'. 굳이 그 두 개 중 더 마음에 드는 쪽을 선택하자면, '그림을 그리는 삶' 쪽이야. '그 외의 삶'은 일종의 준비 시간이거든. 그림 그릴 체력을 키우기 위해 운동을 하고, 생활비를 벌기 위해 화실에서 그림을 가르치지. 불만은 없어. 그림만 계속 그릴 수 있다면.

요새 내 '그 외의 삶'은 그냥 그래. 겨울 입시 준비 시즌이라, 수험생들만 화실에 오거든. 나는 입시 미술을 가르치지 않으니까, 한동안 화실 일은 없어. 지난달까지는 가끔 재하랑 만나서 한 잔 하기도 했지만, 연말이

다가오고 있어서 재하도 바빠. 원래도 내 삶은 단조로웠지만, 한층 더 단조로워졌다고나 할까.

대신 내 '그림을 그리는 삶' 쪽은 훨씬 풍요롭지. 물론 그게 꼭 편안하다는 뜻은 아니야. 그림은 엄연히 노동이니까. 대단한 영감도, 엄청난 실력도 없는, 나같이 평범한 사람은 그냥 꾸준히 그리는 수밖에 없어. 그리고, 그리고, 또 그리지. 그렇게 계속 그리다 보면 그림이 완성돼. 잘될 때도 있고, 형편없을 때도 있지만, 조금씩, 아주 조금씩 내가 가고자 하는 곳에 더 가까워져. 그게 다야. 그래서 그림이 좋아. 정직하니까. 내가 붓을 들고 있는 시간만큼 그림이 그려지는 건 안심되는 일이야.

좀 서글퍼지는 건 그림을 다 그린 후야. 그림을 다 그리면, 창고에 넣어 둬. 빛도 들지 않는 창고에 말이야. 내 모든 힘을 쏟아부어 그림을 그리는데, 그 결말은 창고라니, 좀 황당하지.

그러니까 그림은 그저 자기만족일지도 몰라. 대학원까지 가게 된 건, 그냥 조금만 더 제도권 안에서 그림을 그리는 여유를 만끽하고 싶어서야. 그 이외의 아무런 실용적인 목적이 없지. 내가 정말 작가가 될 수 있을지는, 나조차도 모르니까. 다시 말해, 세상 사람들을 쓸모 있는 순서로 줄을 세운다면, 내 자리는 아마 그 줄의 가장 끝 어딘가일 거야. 쓸모없는 존재인 거지.

부정적인 이야기를 많이 했으니, 이젠 긍정적인 이야기를 해볼게. 어쩌면 내게는 작가의 피가 흐르고 있을지도 모르겠어. 우리 엄마가 작가니까. 그것도 사람들이 어느 정도 알아주는 작가잖아. 뭐, 엄마도 처음부터 유명한 작가는 아니었지만.

어릴 때, 정말로 우리 집은 가난했어. 엄마는 이름 없는 도예가였어. 그때는 도예가란 보통 어느 정도 알려진 작가들만 하는 직업이었고, 엄마처럼 무턱대고 개인 작업을 하는 사람은 드물었어. 그런데 우리 엄마는 젊은 여자였지. 그것도 이혼한. 거기다가 애가 둘이나 달린. 그걸 다 합쳐서 생각해 봐. 얼마나 악조건이었을지. 우리가 얼마나 가난했을지.

황당한 게, 엄마는 한 번도 작품을 그만둘 생각을 안 했어. 예술밖에 모르는 악바리. 가마에 작품을 굽는다는 게 얼마나 돈이 많이 드는 일인지 너는 상상도 못 할 거야. 그렇게 구워진 작품들 중 절반도 못 건질 거면서. 애 둘 달린 이혼녀가 그 시절에 어떻게 자기 길을 포기하지 않았는지, 지금 생각해도 정말 놀라워. 거의 기적 같은 일이라고 생각해. 엄마 말로는 뭘 잘 몰라서 그랬대. 그렇게 힘든 길이라는 걸 처음부터 알았다면, 시작도 안 했을 거래.

외갓집이 있어서 그나마 다행이었지. 엄마가 며칠씩 가마를 지켜야 할 때면, 형이랑 나는 내내 외갓집에서 지냈거든.

엄마로부터 배운 게 딱 하나 있다면, 이거야. 예술을 하려면 버티기부터 배워야 한다. 남들이 보기에는 대단히 어려운 상황이라도, 스스로는 별로 힘들지 않게 버텨내야 해. 그렇게 버티고, 버텨서, 버티는 것이 일상이 되어야 자기 세계라는 것이 생기니까 말이야. 예술가는 초라할지 몰라도, 예술까지 초라해지면 안 되니까.

어릴 때, 엄마가 만든 도자기를 다른 사람 집에서 본 적이 있어. 외할머니가 알던 사람 집이었는데, 그 동네에서는 유명한 부잣집이었나 봐. 그 집이 너무 잘 살아서 나는 좀 놀랐어. 집 자체도 큰 데다가, 뜰에는 나무랑 꽃도 있었지. 우리 집 화장실만큼 커다란 개집에는 내 키만큼 커다란 검은색 개가 누워 있었어. 그런 집은 미디어 속에만 있다고 생각했는데, 실제로 있더라고. 심지어 그 집 바닥은 돌로 되어 있어서 집 안에서는 슬리퍼를 신어야 했어. 나는 그때 처음으로 집 안에서 슬리퍼를 신어본 거라, 마냥 신기했어.

그렇게 슬리퍼를 신고 들어간 그 집 복도 끝에서 뭘 봤는지 알아? 엄마의 달항아리였어. 바로 알아보겠더라고.

작고 좁아터진 우리 집에서 다른 도자기들과 함께 옹송그리고 있을 때는 몰랐는데, 거기에 놓이니까 참 잘생겼더라고. 비싸 보이고. 그래서 좀 궁금해졌어. 저 달항아리 주인은 저 잘생긴 달항아리를 구운 사람이 가난한 우리 엄마라는 것을 알까? 우리 집 욕실이 아까 본 개집보다도 더 작다는 사실을 알까?

누군가는 예술이 아이러니하다고 하지만 예술보다 더 아이러니한 건, 인생이야. 엄마의 커리어가 정점을 찍은 건 우리에게 일어난 비극 덕분이었으니까. 물론 100% 형 덕분에 엄마가 유명해진 건 아닐 거야. 형이 고등학교에 다닐 때쯤에는, 엄마도 자리를 잡아가고 있었고, 우리도 예전처럼 가난하지만은 않았으니까, 아무리 그래도, 엄마가 진짜 유명해진 건, 형이 교통사고를 당하고 나고부터였다는 걸 부정할 수는 없어.

형의 죽음이 알려지면서 엄마의 약점은 갑자기 강점이 되었지. 이혼하고 혼자 아이들을 키운 가난한 여성 예술가에게 일어난 비극은 사람들을 사로잡았으니까.

자식을 잃은 엄마의 이야기가 잡지에 소개되고, 엄마의 작품들도 다시 조명되었어. 엄마도, 엄마의 작품도, 예전과 딱히 달라진 건 없었지만, 그때부터는 세상이 달라졌지. 작품 가격이 확 오르기 시작한 거야. 제자들도 갑자기 많아지고, 엄마가 생계를 위해서 만들었던 그릇 시리즈를 제작하고 싶다는 회사도 나타났어. 비엔날레에 엄마의 달항아리가 전시되면서 외국까지 작품이 팔려나갔지.

갑자기 모든 것이 달라진 거야. 엄마가 그토록 열심히 노력하던 때에는 침묵하던 세상이, 형이 죽으니까 우리 가족에게 그 문을 활짝 연 셈이지. 너무 일찍 떠난 형에게 세상이 보상이라도 하고 싶어졌던 걸까?

가끔 사람들이 나에게 물어. 엄마처럼 도예를 하지, 왜 회화를 전공했는지. 내 대답은 아주 간단해. 나는 엄마가 아니니까. 나는 엄마 같은 악바리가 못 돼. 그리는 걸 좋아할 뿐이지, 작가가 될 자신도 없어. 어쩌면 내가 작가가 될지 안 될지는 크게 중요하지 않을지도 몰라. 그림을 통해 이루고 싶은 것도, 바라는 것도 없으니까.

그냥 어쩔 수 없어서야. 그려왔으니까, 그릴 뿐이야. 어차피 버텨야 한다면 익숙한 버티기를 하는 거지. 그림보다 더 좋은 걸 아직 찾지 못 했으니까.

세 번째 편지: 월식

    어제는 형의 기일이었어. 엄마와 함께 형을 보러 추모 공원에 다녀왔어. 소풍이라도 가야 할 것처럼 날이 맑더라. 형이 떠나던 날은 비가 그렇게 왔는데. 하긴, 형이 떠난 날마다 비가 오는 게 더 이상하겠다. 형이 떠난 지 벌써 10년도 넘었으니까.

    영정 사진 속에 있는 형에게 인사를 하다가, 좀 놀랐어. 고등학교 2학년은 누군가가 죽기에는 너무도 어린 나이더라고. 살아있을 때 형은 내게 산처럼 컸는데, 사진 속의 형은 너무도 어려서 내 동생이라고 해도 아무도 의심치 않을 것 같았어.

    나에게 형은 크리스마스트리 그 끝에 걸린 커다란 별과 같은 사람이었어. 더 더할 필요도, 덜 필요도 없이, 그냥 혼자만으로도 충분한 사람. 나보다 딱 세 살 많지만, 형은 모든 면에서 형이었으니까. 형과 함께 있으면, 겁나는 게 없었어. 엄마가 늦게까지 가마에 있어도, 아빠가 없다고 놀림을 당해도, 우리 집이 가난해도. 나에겐 형이 있었으니까.

    여전히 나는 몹시 궁금해. 왜 하필 형이었을까. 그날, 세상에는 수십억 명의 사람들이 살고 있었는데, 왜 하필 우리 형이 세상을 떠나야 했을까. 그때 형은 겨우 고등학생이었어. 스무 살도 안 된 고등학생. 이건 너무 불공평해. 형이 나이에 맞지 않게 너무 어른스러운 사람이어서였을까? 누구보다도 어른스러웠기에 누구보다도 먼저 죽음이 찾아왔던 것일까?

    10년 전, 나의 세상이 거대한 물음표로 뒤덮였던 그때가 생각나. 내 간절한 질문에 이 세상 그 누구도 답해주지 않았던 그때가.

우리가 같이 개기월식을 봤던 날도 그런 날이었어. 맥도날드 2층에서 빅맥 두 개를 시켜놓고 함께 개기월식을 기다렸었지. 개기월식을 보는 건 처음이라, 아니, 개기월식을 구경하자는 사람을 만난 건 처음이라, 난 약간 긴장했었는데, 너는 무슨 우주 전문가처럼 태연하게 내게 개기월식을 설명해 주었어. 좀 있다가 달빛이 사라질 텐데 지구의 그림자가 달을 가려서 그렇게 되는 거라고. 달이 잠시 사라져도 걱정하지 말라고.

사실 그날의 나는 개기월식이 하나도 궁금하지 않았어. 내가 궁금했던 건, 단 하나. 왜 많고 많은 사람 중에 형이 떠났어야 했냐는 거였으니까. 나는 너에게 물었어. 왜 하필이면 우리 형이었어야 했냐고. 나는 너의 답을 기다렸어. 너라면 왠지 그 답을 알 것만 같았거든. 그때의 너는 이 세상 모든 사람 중에서 가장 내 마음을 잘 알 것만 같은 사람이었으니까.

너는 형의 여자 친구였고, 우리 둘 다 같은 사람을 잃어버렸으니까.

너는 내게 답을 하는 대신, 창밖을 바라보라고 했어. 달이 부드럽게 이지러지고 있었어. 그때는 모든 사라지는 것들이 내 마음을 아프게 하던 때였어. 달이 사라질 것만 같다고 생각하자 주책 맞게 눈물이 눈을 가려서 달도 뿌옇게 보였지.

너는 아무 일도 없다는 듯 달과 지구의 자전과 공전을 이야기했어. 그날 네가 했던 말을 내가 반이나 제대로 이해하고 있었는지는 모르겠어. 그냥 그렇게 달이 완전히 가려지고, 개기월식이 왔지. 붉게 변해가던 달이 빛을 잃어버리자, 나도 모르게 감탄해 버렸어. 어두운 마음도 다 잊고, 그

신비함에 조금 떨릴 정도로.

그때 네가 내 손을 잡았어. 따뜻하고 굳세게. 그리고 내게 말했지. 형이 왜 떠났는지는 너도 잘 모르겠다고. 다만 달은 다시 돌아올 거라고. 달이 사라지는 게 아니라, 지구의 그림자를 발견하는 일이 바로 월식이라고.

그날 나는 아주 희미하게 믿게 되었어. 형이 떠나도 내 삶이 영원히 어둡지는 않을 거라는 걸. 곧 달은 다시 빛을 찾을 거고, 그때까지만, 그때까지만 견디면 될 거라고. 네가 내 손을 굳게 잡아주었던 날, 나는 알 수 없는 삶의 신비를 발견한 거야.

네 번째 편지: 그리다

그린다는 일은 무엇일까?

내가 요새 그리고 있는 사과 이야기를 해볼게. 누군가에게는 사과를 그리는 게 쉬운 일일 수도 있겠지만, 내 경우에는 전혀 쉽지 않아.

우선 해야 하는 것. 내 앞에 놓인 사과의 특별함을 이해해야 해. 다른 사과들과 비슷하게 생겼지만, 이 사과는 다른 그 어떤 사과와도 다르니까. 크기도, 빛깔도, 향도 말이야. (비교한다는 뜻이 아니라, 이해해야 한다는 뜻이야.) 그 특별함을 이해했다면 이제 그림을 그릴 수 있어.

그런데 그렇게 그림을 그리다 보면, 곧 다른 문제를 겪게 돼. 내 경우에는 주로 시간이 장애물이지. 그림을 그릴수록 내 그림 속 사과와 테이블 위의 사과가 달라지거든. 내 엉망인 그림 실력 탓도 있지만, 사과 역시 매일 조금씩 시들어가고 있기 때문이야. 그림으로는 다 표현할 수 없어.

그게 다가 아니야. 어젯밤 나는 그리던 캔버스를 덮어버렸어. 내가 며칠 동안이나 그려온 사과가 잘못되었다는 걸 알았거든. 그 사과를 그리는 내내 나는 환절기 감기와 닮은 어떤 감정을 앓아왔어. 그 끈질기게 따라붙는 마른 열기가 나를 얼마나 지치게 했는지 몰라. 그런데 내 캔버스에 그려진 사과에는 그 고통스러운 열기가 담겨있지 않았어.

제대로 된 그림이 아닌 거지. 며칠 동안 그린 모든 것이 물거품이 된 거야.

이렇게 쓰면 도대체 제대로 된 그림은 어떻게 그리는 건지 궁금해질지도 모르겠어. 내가 조금 전까지 본 것도, 그린 것도 믿지 못하면서, 어떻게 무언가를 그릴 수 있는 건지. 설명하기는 어려운데, 가끔은 제대로 된 그림을 그릴 때도 있어. 그런 순간에는 아주 중요하고 본질적인 그 무언가를 잡아냈다는 확신이 들어. 수없이 반복되는 착오와 혼돈 속에서 가끔 마주하는 그 확신의 순간이 내 작업의 본질인 것 같아.

그렇게 그려낸 그림 앞에서는 우주처럼 내 마음도 고요해지지. 계절이 여러 번 지나도 여전히 그렇게 하나의 완결된 존재로서 그 그림이 남을 거라는 걸 알고 있거든. 그 고요한 기쁨에 중독되어서 여기까지 온 거야. 남들 눈에는 이상해 보일 수 있겠지만 나는 이 미친 짓을 그만둘 수가 없어.

이렇게 글을 쓰니, 내가 대단한 화가라도 된 듯 네가 생각할 수도 있겠구나. 단언컨대 내 그림 대부분은 형편없어. 그림은 나를 위한 작업일 뿐이고, 그래서 뭐랄까, 아직은 폐쇄적이야. 다른 말로 하자면 작품이 전혀 팔리지 않고 있다는 뜻이야.

솔직히 말하면 이런 내가 부끄러워. 혼자서도 충분히 좋다고 말하면서도, 또 한편으로는 인정받고 싶다는 욕구와 투쟁하고 있으니까. 내 마음에 드는 그림을 그리고 싶다고 말해놓고, 남들도 내 그림을 좋다고 해주기를 바라지. 좋아한다는 것에서 끝이 안 나고, 꼭 잘한다고 인정받고 싶어지는 거야. 나는 겁쟁이거든. 내가 가는 길이 맞는지 확인하려고 남들을 자꾸 보게 되지. 어렸을 때는 그렇지 않았던 것 같은데.

어린 시절엔 그저 사랑이 다였던 것 같아. 좋아하고, 사랑하고, 그러다 보면 충만해지고. 마치 내 유일한 재능이 사랑인 것처럼 자연스럽게 사랑에 빠졌던 것 같아.

　나는 말이야, 어릴 때, 엄마가 정말 좋았어. (그러면서도 불안했지. 아빠가 사라졌듯, 엄마 역시 사라질까 봐.) 아침에 일어나면 제일 먼저 엄마를 보러 갔어. 외할머니도 얼마나 좋았는지 몰라. 몸이 부서질 정도로 나를 꼭 끌어안고 '내 새끼'라고 부르셨지. 커다란 회색 제복을 입고 다니던 외할아버지와 그 옷에 옅게 배어있던 태운 낙엽 향기도 좋았어. 이모들도 좋았어. 이모들은 한 번 나갈 준비를 하는 데 2시간이나 걸렸어. 그렇게 예쁜데도, 더 예뻐지고 싶었나 보지. 할아버지가 새로 페인트칠해 준 내 자전거를 사랑했고, 안젤라 수녀님이 선물해 준 멋진 징이 박혀있는 축구화도 내 마음에 쏙 들었어. 동네 분식집에서 팔던 고구마튀김을 사랑했고, 학교 자연학습장에서 살던 토끼들도 사랑했어.

　어린 시절을 생각하면, 사랑으로 행복했던 시간의 무게로 가슴이 뻐근해져. 그렇게 좋아하는 마음 하나로 모든 게 충분하다고 느꼈다니 신기하지?

　나이를 먹는다는 것은 슬픈 일이야. 내가 알던 세상이 이 세계의 전부가 아니라는 것을 알게 되니까. 그래서 내가 못 가진 게 얼마나 많은지를 알게 되는 거지. 나이가 든다는 것은 우리 집보다 더 큰 집들이 많다는 걸 알게 되는 일이야. 또 할아버지가 자주 입던 멋진 제복이 경비복이라는 걸 알게 되는 일이고, 늘 비슷비슷한 시장 옷만 입던 할머니의 어린 시절 꿈이 디자이너였다는 걸 알게 되는 일이기도 하지. 세상에는 미소네 분식집 고구마튀김보다 맛있는 음식도 많다는 걸 알게 되고, 우리 집은 고장 난 자전거를 새로 살 돈이 없다는 것도 알게 되지. 토끼들도 죽는다는 것을 알게 되고, 암에 걸린 안젤라 수녀님이 머리를 다 밀어도 신은 나타나지 않는다는 것도 알게 되는 거야.

그렇게 어른이 되어 가면서 내가 깨달은 건, 내가 아무리 많이 사랑하더라도 내 사랑은 그저 무력하다는 거야. 아무리 간절히 사랑한다고 하더라도 사랑으로 바꿀 수 있는 일은 별로 없더라고. 일어날 일은 결국 일어나고 말았고, 나는 그저 견딜 뿐이었어. 그래서 누군가를 사랑하는 것이 두려웠어. 내게 있어 '사랑하다'는 건 '무력하다'의 유사어였으니까.

너라면 지금쯤 내게 묻겠지. 여전히 내겐 '사랑하다'가 '무력하다'의 유사어일 뿐인지. 지금은 아니야. 그렇게 두려워하면서도 계속 사랑에 빠지면서, 나도 배운 게 있거든. 사랑은 아무것도 바꿀 수 없고 다만 견디게 하지. 그런데 그것이 바로 사랑의 진정한 용도야. 견딜 힘을 주는 것. 아무것도 바꿀 수 없는 상황에서도 말이야.

나의 유일한 재능일지도 모를, 사랑하고 상처받는 능력. 그 재능 덕분에 도망치지 않고, 너를 향한 내 마음을 마주할 수 있었어. 너에게 걸맞은 대단한 사람이 아니어도 네게 다가갈 수 있었지. 사랑은 내 안의 모든 열등감을 다 덮고도 남았으니까. 물론 가끔은 무력하게 상처받았지만 어쩔 수 없었어. 어차피 내 모든 존재를 기울여서 너를 사랑하고 또 사랑하고 있었으니까. 네가 좋아서 어쩔 줄 몰랐으니까. 네 손을 놓을 용기도 낼 수 있을 만큼. 모든 것에 도전하고, 또 모든 것을 포기할 수 있었지. 사랑의 힘으로.

아까 내가 사과를 그리는 일에 대해 이야기했던 거 생각나? 방금 그 사과 그림을 완성했어. 선명한 붉은색으로 뒤덮여버린 캔버스. 그게 내가 그린 나만의 특별한 사과야. 일주일 넘게 고민한 결과물치고는 시시해 보일 수 있지만 그게 내 최선이야. 그 붉은색이 내 눈에 비친 사과의 본질이라는 것을 깨달았거든.

    형태도 없이, 뜨겁고, 벅차고, 고통스럽고, 그렇지만 변치 않은 붉은 마음. 그 마음을 너에게로 보내. 이 붉은색 그대로를 바라보는 것, 이 마음 그대로를 인정하는 것이 내가 지금 이 순간 할 수 있는 일이야.

다섯 번째 편지: 겨울비

잘 잤어? 나는 어젯밤 잠을 설쳤어. 응급차 사이렌 소리에 자다 깼거든. 큰 사고라도 있었던 건지 사이렌 소리가 한동안 끊이지 않고 울려댔어. 그 응급차에 있던 사람들은 무사했을까. 그들의 가족들은 또 어떤 밤을 보냈을까.

형에게 사고가 있던 그날, 우리는 외가에 갔었어. 외할머니 생신이었거든. 다 같이 모여서 저녁을 먹고, 엄마는 빵집에 생일 케이크를 찾으러 갔어. 그런데 갑자기 겨울비가 쏟아졌지. 형이 엄마한테 우산을 가져다준다며 나갔어. 나는 텔레비전을 보느라, 형에게 잘 다녀오라는 인사도 못 했어. 형이 나간 지 얼마 안 되어 엄마가 혼자 집에 왔어. 그때는 그냥 형과 엄마가 길이 엇갈렸나보다고 생각했어. 그리고 조금 있다가 전화가 왔지.

형에게 교통사고가 났다고.

엄마와 함께 병원에 도착했을 때, 형은 이미 수술 중이었어. 수술을 기다리는 동안에도 간간이 응급차 사이렌 소리가 울렸어. 다른 환자를 실은 응급차가 병원으로 들어오는 소리였지. 하룻밤 사이에 생사를 넘나드는 사람이 그렇게 많다는 것을 그날 처음 알았어.

엄마는 미친 사람처럼 고개를 흔들며 중얼거리다 울었어. 기도라도 하고 싶었지만, 나는 너무 당황해서 그마저도 할 수 없었어. 거대한 무력감이 나를 짓눌렀지.

얼마 후, 가운을 입은 누군가가 형의 이름을 부르며 나왔어. 아마도 의사였겠지. 그 사람이 우리에게 말했어. 어쩔 수가 없었다고. 그리고 끝이었어.

순식간에 장례식장이 정해지고, 어른들이 이곳저곳에 전화를 돌리기 시작했어. 갑자기 형의 죽음이 기정사실이 된 거야. 나는 형에게 인사조차 하지 못했는데. 나는 형을 보러 가겠다고 했어. 의사가 조금 기다려야 한다고 했어. 정리할 게 있다고. 그렇게 조금 기다렸다가 다시 형을 만났는데, 형은 좀 창백했을 뿐 평상시랑 별로 다른 게 없었어. 정말 형이 죽은 게 맞는지 의사에게 물었지만, 의사는 대답 없이 떠나버렸어.

그때, 네가 생각났어. 전화를 걸겠다고 결심했지. 방금 일어난 현실일 리 없는 이상한 일들에 대해 너와 의논하고 싶었어. 잘못된 일들을 바로잡고 싶었던 거야.

통화연결음을 듣자마자 내가 실수했다는 걸 깨달았어. 너에게 무슨 말을 해야 할지 몰랐으니까. 하지만 정신을 차려보니, 나는 이미 형에게 사고가 났다고 말하고 있었지. 농담하지 말라고 네가 말할 줄 알았는데, 끔찍한 침묵이 이어졌어.

침묵을 견딜 수 없어서 나는 형이 교통사고를 당했다고 다시 한번 말했어. 너는 여전히 아무 말이 없었어. 그러더니 내게 되물었어.

"선재는 지금 어딨어?"

대답할 수가 없었어. 형이 그때 어디 있는 건지 나는 몰랐으니까. 천국에 있는지, 이곳에 있는지, 아니면 영영 사라졌는지.

너는 몇 번이나 형이 어디에 있는지 내게 물었고, 나는 대답하지 못했어. 네 목소리가 고통으로 얼어붙는 것을 느끼면서도, 나는 너에게 어떤 말도 해줄 수가 없었어. 그 순간, 너에게 전화한 나를 증오했어.

그렇게 깊게 상처입힐 줄도 모르고 연락해 버렸으니까.

그날 밤, 형의 여자 친구였던 네가, 내가 누나라고 불렀던 네가, 형의 장례식장에 나타났지. 창백한 낯빛에 비를 맞아 머리칼은 엉망으로 헝클어지고 다리는 심하게 접질린 채로. 내 전화를 듣고 달려온 게 분명했어. 아직 영정 사진도 걸리지 않고, 상도 다 차려지지 않은 장례식장에서 너는 형을 찾았어.

"나도 모르겠어. 형이 죽었대."

장례식장에 붙은 형의 이름을 눈으로 읽어내더니, 넌 바닥에 쿵 하고 쓰러졌어. 마치 내 말이 총알이 되어 네 심장을 관통이라도 한 것처럼. 형의 수술을 기다리고 있던 때보다 네가 쓰러지는 모습을 보던 순간이 난 더 두려웠어. 네가 이곳에서 죽는다면, 그건 내가 죽인 걸지도 모르니까.

네가 깨어났다고 듣자마자 나는 곧장 화장실에 가서 그날 먹은 모든 것들을 게워 냈어. 게워 내고, 게워 내다 나중에는 말간 위액을 토할 때까지 모든 것을 다 게워 냈어. 그러면서 안도했어. 그 어떤 비극이 일어나도 전혀 이상하지 않은 사나운 세상에서 적어도 내가 한 사람을 더 죽이지 않았으니까.

나중에 엄마에게서 음주 운전을 한 상대방이 감옥에 갔다고 들었어. 범

인은 감옥에 갔지만, 그뿐이었지. 많은 것들이 달라졌어. 우리 가족은 그 이후 다시는 그 누구의 생일에도 만나지 않았어. 생일 축하 파티도 없어졌지. 할머니는 돌아가시는 날까지 하필 그날이 생일이었던 자신을 원망했어. 그날이 생일이 아니었다면, 형이 살아있기라도 할 것처럼. 할아버지도 마찬가지야. 할아버지가 엄마에게 우산을 가져다주라고 형에게 시켰다고. 자기 때문에 모든 일이 생긴 거라고 말했어. 엄마는 아무 말이 없었지만, 분명히 그때 자리를 비운 자기 자신을 원망했을 거로 생각해. 왜냐하면 나도 계속 생각했으니까. 형 대신 내가 엄마에게 가야 했다고. 누군가 한 명이 죽어야 했다면 형이 아니라 나여야 했다고. 형 대신 내가 죽어야 했다고. 나 때문이라고.

우리 중에서 갑자기 세차게 내린 겨울비를 원망하는 사람은 아무도 없었어. 음주 운전자에게 느꼈던 타는 듯한 증오 역시 시간이 흘러가면서 기억에서 잊혀갔지. 우리가 오래오래 두고두고 원망했던 사람은 자기 자신이었어. 그렇게 우리 가족 모두가 다 자기 때문에 형이 죽은 거라고 그렇게 믿어버렸지.

여섯 번째 편지: 겨울 나무

겨울 숲은 정말 특별해. 초대받은 사람들에게만 자기의 진짜 모습을 보여주니까. 숲에 들어서면 처음엔 영혼까지 얼어붙을 것 같이 추운데, 걷다 보면 추위는 사라지고 겨울의 공기만 남아. 폐 깊은 곳까지 스미는 가볍고, 청명하고, 구김살 하나 없는 공기만.

나는 메타세쿼이아 길이라고 이름 붙은 길을 종종 걸어. 4km 정도 되는 길을 따라 메타세쿼이아 나무가 줄지어 있는 예쁜 길이야. 하얀 얼음송이가 꽃잎 대신 나무에 달린 그 길은 아주 고요해. 오로지 눈과 햇살과 나무뿐이지. 내가 사랑하는 자코메티 조각같이 필요 없는 건 아무것도 없어. 그 길에서는 오후의 햇살조차 너무 투명해서 잘못하면 마치 유리잔처럼 깨져버릴 것 같아.

그 길을 걸으며 10년 전의 우리를 생각했어. 그해는 눈이 자주 오고, 몹시 추웠지.

어느 날, 나는 너를 찾아갔어. 그날, 네가 발목을 다친 게 몹시 신경이 쓰여서 잘 지내는지 확인하고 싶었거든. 잘 있는지 보러왔다는 내 말에 너는 장난스럽게 대답했지.

"난 너무 잘 지내니, 네 걱정이나 해."

목발을 짚고서 비스듬히 서서, 한겨울의 햇살보다 더 창백한 얼굴로 말이야.

네 말이 새빨간 거짓말인 걸 알았지만, 나에게 거짓말을 해주는 네가 고마웠어. 그 시절에 나에게 거짓말을 해주는 사람은 너 하나였으니까.

그 시절 내 주변 사람들을 비난하고 싶은 마음은 없어. 다들 힘든 시간을 보내고 있었으니까. 누군가를 배려하기에는 자신의 상처가 너무 깊었지.

특히 엄마는 더 그랬어. 엄마는 전혀 다른 사람이 된 것 같았어. 한동안은 아무것도 하지 않고 매일 울기만 했어. 내가 학교에 가도, 학교에서 돌아와도, 나는 세상에 존재하지 않는 듯이 엄마는 계속 울었어. 엄마의 울음이 새벽에도, 아침에도, 오후에도, 저녁에도, 밤에도 이어졌지. 집 현관문을 열기 전에 한동안 망설였던 것을 기억해. 겨우 용기를 내서 현관문을 열면 공기 중의 산소는 다 휘발되어 버리고, 형의 부재만이 집안에 빼곡했어.

그럴 때면 죄책감도 들었어. 나는 엄마만큼 운 적이 없으니까. 그토록 가깝게 지내던 형이 나를 떠났어도, 나는 많이 울지 않았어. 때가 되면 배가 고파졌고, 밤이 되면 잠이 왔고, 친구들과 이야기하는 게 여전히 재미있었지.

잘 지내고 있다는 너의 거짓말이 그래서 좋았어. 형편없는 안색으로 다리까지 절고 있었지만, 너는 내게 웃어주었으니까. 왜 아직도 다리가 아프냐는 내 질문에 너는 장난스럽게 답했지. 이렇게 목발이 있어서 사람들이 귀찮게 할 때마다 저리 가라며 휘두를 수 있다고. 휘이휘이. 더 오래 목발을 하고 싶으니 걱정하지 말라는 그 말은 거짓말이 확실했지만, 나는 안도했어.

언제부터인가 나는 너와의 만남을 기다리게 되었어. 그저 함께 놀이터 정글짐에 올라가 노을도 보고, 휴대폰으로 게임도 하다가, 집에 가고 싶어지면 별로 미안해하지 않고 헤어지는 게 좋았어. 같이 있으면 모든 것이 편안했거든. 마음이 예민해져도 괜찮았어. 말을 해도 괜찮고, 아무 말도 하지 않아도 괜찮았지. 무슨 말을 해야 할지 몰랐던 나에게, 별말이 필요 없는 그 순간이 큰 위로가 되었어. 미안해하지 않고, 눈치 보지 않고, 그냥 나로 머물러 있을 수 있다는 게, 신기할 정도로 큰 위로가.

어느 날, 놀이터에서 그네를 타다가 네가 말했지. 한 문이 닫히면, 다른 문이 열리는 법이라고. 우리가 지금 행복한 건 아니지만 기다려보자고. 다른 방식으로 언젠가는 행복해질지도 모르니까, 기다려보자고. 너의 그 말이, 그 시절, 온통 닫힌 문뿐이었던 내게는 활짝 열려 있는 문이 되었어.

형에게는 미안했지만, 그 미안함마저도 나를 멈출 수 없었어. 그 시절은 하룻밤을 자면 한 뼘이 자라는 시기였으니까. 남들이 사춘기라고 부르는 그 시기를 나도 지나고 있었으니까.

그 겨울, 나는 내가 꽁꽁 얼어있는 줄로만 알았어. 아주 오랫동안 그렇게만 생각했었는데, 다시 생각해 보니 그 시절, 나는 자라날 준비를 하고 있었던 것 같아. 봄을 준비하는 겨울나무들처럼, 겨울의 시간을 양분 삼아 뿌리에 저장하면서. 영원히 거기에 멈추어 있을 것 같은 단단한 추위였지만, 언젠가는 봄이 올 거라고 나는 믿게 되었거든. 아래로, 아래로, 뿌리를 내리는 나무처럼, 남들과는 조금 다른 방식으로 나는 자라고 있었어.

일곱 번째 편지: 열다섯

　새해야. 태평양 반대편에서도 새해는 같은 새해인 거지? 그곳에서도 행복하게 새해 첫날을 보내고 있기를. 나는 나름대로 힘차게 새해를 시작하려고 했는데, 감기에 걸렸어. 며칠 조금 으슬으슬하더니, 주말부터는 기침을 시작했어. 열이 나거나 하는 건 아니니까, 조금 쉬면 낫지 않을까.

　조금 마음에 걸리는 건 아까 엄마와의 전화. 새해 첫날이라 엄마와 통화하다 전화 끊을 때쯤, 나도 모르게 기침을 조금 해버렸거든. 엄마가 못 들었기를 바랄 뿐이야. 음. 하지만 엄마라면 아마 눈치챘겠지, 우리 엄마는 그런 것에 도사니까.

　어쨌든 오늘은 내 첫 슬럼프, 그 시절에 대해 이야기하려고 해. 내 첫 슬럼프는 내가 열다섯 살이 되던 겨울에 찾아왔어. 그해 겨울, 엄마를 졸라 입시 미술 학원에 등록했어. 나도 나름이 야심이 있었거든. 처음에는 학원 다니는 게 싫지 않았어. 그런데 그다음 달부터는 매일 석고 데생을 하라는 거야. 석고로 된 그리스 조각상 얼굴들 있잖아. 그걸 그리라는 거지.

　황당했어. 매일 무언가를 그리긴 했지만, 똑같은 걸 매일 그린 적은 없었거든. 뭐 하러 같은 걸 또 그리겠어. 재미없게. 이젤 앞에서 온종일 앉아 있는 것도 힘들었고 말이야. 나중에는 모든 게 너무 지겨워져서, 그림마저 지겨워졌지. 그림으로 도망갈 수가 없게 된 거야. 태어나서 처음으로.

　엄마와의 문제도 있었어. 형이 떠나고 시간이 흐르면서, 엄마는 예전처럼 많이 울지는 않았어. 그래서 나는 우리가 예전으로 돌아갈 수 있을 줄 알았어. 착각이었지. 엄마는 결코 예전으로 돌아가지 않았어.

처음에는 아무 상관 없었어. 엄마도 형처럼 죽을까 봐 걱정되었으니까. 엄마가 이 세상에 존재한다는 것만으로도 충분했어. 그런데 시간이 지나도 우리는 여전히 아무런 대화를 하고 있지 않더라고. 내가 무슨 말을 해도, 엄마는 관심이 없었어.

작은이모는 말했어. 엄마가 너무 힘들어서 그러니 이해해 주라고. 친구들도 비슷했지. 불평하지 말고, 엄마에게 효도하라고. 외할머니는 옅은 역정까지 낼 정도였어. 네가 엄마를 이해해야지, 너까지 엄마에게 짐이 되면 안 되는 일이라고.

엄마에게 나를 봐달라고 강요할 수 없다는 건 세상에서 내가 제일 잘 알고 있었어. 그리고 사람들은 잊고 있었을지도 모르겠지만, 나 역시 엄마를 사랑했어. 엄마를 사랑하지 않아서, 엄마를 괴롭히고 싶어서, 엄마와 이야기하고 싶었던 게 아니야.

시간이 지날수록 엄마와는 마주칠 일도 점점 없어졌어. 엄마는 자주 집을 비웠지만, 엄마가 어딜 다니는지 묻지 않았어. 엄마에게 짐이 되고 싶지 않았거든. 냉동 음식을 데워 먹고, 혼자 학원을 다녀오고, 혼자 잠이 들었지. 유령처럼 조용히 배회하는 것이 엄마를 위하는 길이라고 믿었어. 아무에게도 걸리적거리지 않는 게 내 최선일 테니까.

한심한 말이지만, 형이 떠난 직후보다 그때가 난 더 힘들었어. 형이 떠나고 다들 삶으로 돌아가기 시작하던 그때, 내가 고장 나 버렸지.

내가 너무도 시시하게 느껴지는 날은 학원을 빼먹기도 했어. 너를 찾아갈까 생각한 적도 있었지만, 갑자기 너를 찾아가면 너마저도 나를 부담스러워하게 될까 봐 두려웠어. 그래서 그냥 오락실에 가서 게임을 하거나, 동네를 정처 없이 쏘다녔어.

딱 한 번, 내가 무작정 널 찾아갔던 것 기억나? 그날은 내 생일이었어. 열다섯 번째 생일. 어른도 아닌, 아이도 아닌, 이상한 나이, 열다섯. 열다섯 번째 생일 말이야. 사람의 마음은 참 이상해. 수없이 많은 다른 날들에는 아무렇지도 않게 참을 수 있는 것들을 어떤 날에는 도저히 참을 수가 없게 돼. 생일이어서 그랬나 봐. 도저히 기대를 버릴 수가 없었지. 엄마가 그날만큼은 나를 기억해 줄 거라는 기대. 나에게 다정히 말을 걸어줄 거라는 기대.

그날 아침 내가 눈을 떴을 때, 엄마는 울고 있었지. 비어버린 형의 방에서 엄마는 큰이모와 통화를 하며 울고 있었어. 엄마는 죽고 싶다고 말했어.

내 기대는 부서졌어.

엄마에게, 내가 비집고 들어갈 공간 따위는 애초에 없었던 거야. 가엾은 엄마에게 나도 봐달라고 한다면, 나는 또 엄마를 무겁게 하겠지. 그렇게 나는 또 짐이 되겠지. 나는 조용히 방문을 닫았어.

존재가 흐려지는 감각을 혹시 알고 있어? 욱신욱신 아픈 듯 가슴이 조이다가 나중엔 마비되듯 무감각해지는, 그런 감각. 내가 무엇을 느끼든, 얼마나 슬프든 나조차도 상관하지 않게 되는 감각 말이야. 나는 죽지 않았으니까. 나는 살아남았으니까. 나는 형이 아니니까. 당연히 내가 감당해야 할 몫이었지.

하지만 그날만큼은 아무것도 감당하기 싫어서 무작정 걸었어. 플라타너스가 줄지어 서 있는 큰길을 지나, 초록색 지붕을 얹은 어린이집 앞을 지나, 버스 정류장 앞 건널목을 건너, 회색 벽돌담을 따라 걸으면 나오는 놀이터까지.

놀이터에 있다는 내 전화에 너는 조금만 기다려달라고 했어. 갑자기 불러내서 미움받을지도 모른다고 생각했지만 내 앞에 나타난 너는 여전히 다정했어.

"무슨 일 있었구나?"

그 말 이후 너는 아무것도 더 묻지 않았고, 나는 위로받았어. 네가 세상에 있다는 것만으로도 안도감이 차올랐어. 너라는 사람이 세상에 세운 경계는 곧고, 굳고, 건강해서, 바라만 보아도 좋았어. 곧 허물어져 사라질 것 같은 나와 달리, 너는 언제나 너라서 좋았어.

그날은 멋진 날이었어. 온종일 여기저기를 함께 다녔지. 어른들처럼 설렁탕도 먹고, 버스를 타고 멀리 떨어진 공원도 가고, 거기서 겨울에 제일 먼저 핀다는 동백꽃도 보았지. 나는 마냥 신이 났었어. 나에게도 특별한 일들이 일어나고 있었으니까. 내 생일이라는 말을 너에게 하지도 않았는데, 그날 너의 눈 속에는 다른 사람이 아닌 나만 담겼으니까.

나도 모르게 안심했던 것 같아. 그렇게 나는 내 속에 있던 말들을 꺼냈어. 형이 떠나고 적응이 된 줄 알았는데, 잘 모르겠다는 이야기. 엄마가 나와 대화를 피한다는 이야기. 나도 화가 나고 속상하지만 참고 있다는 이야기. 오랫동안 하고 싶던 이야기들이 정신없이 내 입에서 쏟아져나왔지.

그리고 네가 말했지.

"정말 힘들었겠네. 너무 많이 애썼어."

네 몇 마디 말에 내 주변에 다시 산소가 차오르고, 흐려지던 내 마음의 윤곽도 다시 또렷해졌어.

그날 밤, 그동안 넣어두었던 스케치북을 다시 꺼냈어. 내가 그동안 그렸던 모든 그림은 다 이 그림 한 장을 위해서였다는 기분이었어. 그 확신의 감각이 그림을 그리다 사라져 버릴까 봐, 조바심을 내며 그렸어.

그런데 부작용이 있었어. 그림을 완성하고, 깨달아 버린 거야. 그 그림 속 너는 이제껏 내가 그려왔던 그 어떤 인물하고도 달랐거든. 너무도 달라서 인정할 수밖에 없었어. 열다섯은 더는 아이의 시간이 아니라는 것을. 열다섯은 누군가를 사랑하기에는 충분한 나이였지. 그림 속, 그 사람을, 나는 이미 사랑하고 있었어.

이제, 나는 내게 가장 어려운 질문을 하려고 해. 언제부터 나는 너를 사랑했던 걸까. 내 모든 것을 걸고 한 치의 흐트러짐도 없이 맹세할 수 있어. 그건 형이 떠나고도 아주 한참 후였어. 그런데 말이야, 인정할 수밖에 없는 또 다른 진실도 있어. 내 눈을 내가 믿지 못하듯, 내 마음도 내가 믿을 수 없다는 것. 너무도 명확한 모든 것은 거짓이니까.

'언제부터'라는 질문은 건 애초에 잘못되었어. 내가 아무리 솔직하게 대답하려고 해도, 다 틀린 답이 될 뿐이야. 그 마음이 언제부터였는지 나조차 알 수 없거든. 증상을 바꾸는 독한 몸살감기에 걸린 것처럼 그때의 나는 동경을 앓다, 연민으로 뒤척이고, 수치심에 빠졌다가, 오래가는 슬픔을 달고 다녔지. 내 사랑의 다른 이름은 혼란이었고, 그 혼란을 떠올릴 때면 난 여전히 좀 슬퍼져.

여덟 번째 편지: 숨겨진 마음

　화실에서 일하는 선배에게 연락이 왔어. 올해부터는 나도 입시반을 가르치면 어떻겠냐고. 입시반을 가르친다는 건 어마어마한 일이야. 수능을 마치면, 입시반 아이들은 매일 아침 여덟 시부터 밤 열 시까지 그림을 그려. 미대 실기 시험 시간이 아주 짧거든. 그러니까 그 짧은 시간 안에 그림을 마치는 연습을 하는 거지. 그림을 빨리 그리는 게 그림을 더 잘 그리게 되는 건 아니겠지만, 어쨌든 애들은 대학을 가고 싶으니까, 더 빨리 그리는 연습을 더 많이 하는 거야.

　가끔은 걱정이 되기도 해. 그렇게 그리다가는 그림이 싫어질 수도 있으니까. 그래도 알잖아, 말릴 수는 없어. 애들 마음을 이해하니까. 하루 열네 시간 그림을 그리는 것보다 어려운 게 뭔지 알아? 경쟁자들은 하루 열네 시간 그림을 그리는데, 나만 네 시간 그리고 쉬는 거야. 매일매일 몸이 아무리 힘들더라도 뭐라도 하는 게, 불안을 정면으로 마주하기보다 언제나 더 쉽지.

　선배의 제안을 당연히 거절하려고 했어. 내가 입시 특강을 가르치는 건 말이 안 돼. 사실 나 실기 시험 안 쳐봤거든. 거창한 이유는 없었고 실기 시험 말고도 다른 전형으로 입학하는 방법도 있더라고. 내 입시조차 우회한 내가 무슨 자격으로 입시반 애들을 가르치겠어. 그러니까 당연히 거절해야 했는데, 선배에게 생각해 보겠다고 말해버렸어.

　불안 때문이었어. 불안을 정면으로 마주하는 것이 어려운 것은 애들만이 아니야. 지금까지는 주로 화실 아르바이트를 하고, 선배들 전시회 일도 도와주면서 지냈어. 많이 벌지 않아도, 크게 돈 들어가는 일을 안 하고 살면 된다고 생각했거든. 돈을 적게 벌면, 적게 버는 대로 살면 된다고 생각했어. 그런데 선배가 아까 이렇게 말하는 거야. 언제까지 그렇게 살 수는 없는 일 아니냐고. 그림 그만 그리고 자리 잡으라고. 몸이 힘들어서 그렇지, 입시 미술 안 해본 거랑 가르치는 거랑은 아무 상관 없는 거 아니냐고. 너무 맞는 말이라 숨이 턱 막혔어.

발가벗겨진 듯한 기분이 들었거든. 나는 욕심도 많고, 겁도 많은 사람이야. 평범하게 살기를 포기한 건 애초에 남들처럼 평범하게 될 자신이 없어서였을지도 몰라. 남들에게 인정받고 싶으면서도 스스로 만족한 척하고, 내일 하루를 불안해하면서도 가슴이 이끄는 대로 살 거라 말하면서 말이야. 생각해 봐. 세상에 아무 쓸모 없는 그림이나 그리면서 평생 가난하게 살고 싶은 사람이 어디 있어.

그래서 선배의 제안을 바로 거절하지 못했어. 어딘가 있을 내 자리 하나쯤이 욕심났던 거야.

가끔 생각해. 나는 왜 그림을 그릴까.

그림을 그려도 나는 달라질 것 하나 없는데. 위대한 그림을 그리는 사람은 이미 저렇게나 많은데. 그림을 그릴 시간에 돈 한 푼 더 버는 게 아쉽고, 그토록 싫어하던 입시 특강까지 들어갈 궁리까지 할 정도로 세상 한쪽에 내 자리 차지하는 것에 굶주려 있으면서도, 지금처럼 그릴 수만 있으면 된다고 말하는 건 이상하잖아. 팔리지도 않는 그림을 위해 유예되는 삶을 사는 건 어리석은 일이 아닐까?

이런저런 생각을 하다가, 초심을 다시 떠올려보기로 했어. 나를 바꾸었던 그 그림, 네 초상화를 그리고 나서의 이야기를 좀 더 해볼게. 그러다 보면 선배 질문에 대한 답이 떠오를지도 모르지.

네 초상화를 그린 후, 난 깊은 혼란에 휩싸였어. 내 마음이 너무 확실하게 보였으니까. 나 자신이 이 정도까지인가 싶어서 헛웃음도 안 나오더라고. 정신이 번쩍 들었지. 마음을 멈추기로 다짐했어. 너무 말이 안 되잖아. 염치가 너무 없잖아. 그런 마음을 품었다는 게, 나조차도 용납이 안 되는데.

그런데 내가 몰랐던 게 있었어. 마음은 멈춰지지 않는 거라는 것. 내가 아무리 노력해도 내 마음은 멈추지 않았어. 너를 만날 때면, 오히려 매 순간 더 명확하고 분명하게 내 마음이 느껴졌어. 나중에는 네가 내 눈앞에 없어도 내 마음은 너를 향해 뛰었지.

아침에 일어나면, 너를 떠올렸어. 너를 떠올리지 않으려고 일부러 눈을 감고 있으면, 네 목소리가 내 안에서 스스로 울려 퍼지는 것 같았어. 나도 모르게 너를 마주치지 않을까 기대하며 걸었고, 너는 뭘 먹었을지 궁금해하며 밥을 먹었어. 매일 그리는 석고 데생조차도 네 얼굴을 닮아갔지. 너희 집 앞을 서성거리는 날들이 반복되었고, 그런 내가 싫어서 마음을 잘라내기를 다짐하는 기도도 매일 밤 이어졌어.

기도는 이루어지지 않았어. 무슨 수를 써서라도 마음을 잘라내야겠다고 결심하다가도, 또 속절없이 너에게 흐르는 마음에 홀려서 화상을 입었지. 나는 그런 나 자신을 부정하고, 미워하고, 연민했다가, 또 부끄러워했어.

마음이 깊어질수록, 나는 말을 잃어갔어. 상관없었어. 말을 잃는 건, 별로 큰일이 아니니까. 어차피 난 말할 수 없으니까. '사랑한다'고 말할 수 없으니까. 터무니없는 욕심이라도, 네 근처, 그 어느 언저리에라도 있고 싶다고 너에게 말할 수 없었으니까. '사랑한다'는 말도, 그보다 더 길거나 짧은 어떤 말도, 네게 전할 수 없다면 말들이 다 무슨 의미가 있겠어.

말을 놓아버리자 세상이 다르게 보였어. 언어를 잃은 사물들이 내게 말을 걸어왔거든. 겨울밤 하늘에 녹아내릴 듯 얇게 뜬 반달은 누구나 혼자일 때가 있다고 말했지. 어떤 밤은 별빛조차 사라진다고. 누군가 말끔하게 닦아 놓은 수도꼭지는 이렇게 말하는 것 같았어. 당당하게 고개를 들고 다니라고. 아무도 모르는 것 같아도, 내가 빛나는 걸 알아봐 줄 한 사람은 있다고 말이야. 낡고 구겨진 내 아디다스 슈퍼스타도 어느 날 말을 걸었지. 너를 보러 간 건 잘한 일이었다고. 그 운동화를 신고 많은 곳을 갔지만 너를 만나러 갈 때의 발걸음이 제일 가벼웠다고.

사물들을 아무리 오래 지켜봐도 너를 잊을 방법을 배울 수는 없었어. 다만 다른 것을 알게 되었지. 표현할 수 없는 마음을 품고 지내는 것도 나쁘지만은 않다는 것.

어차피 나에겐 선택권이 없는 감정이었어. 그러니 할 수 없는 걸 애써 하려 하지 않기로 했지. 나는 괴물 같은 존재이고 내가 원하는 것은 끔찍한 희망이었지만, 그 희망은 아름다웠으니까. 그 희망이 나를 부풀게 하고, 웃게 하고, 날아오르게 했으니까. 내 괴물 같은 마음이 아무리 추악하다고 해도 사랑은 사랑이었으니까.

어차피 아무도 궁금해하지 않을 내 마음 따위는 알려지지 않을 테니까.

내 사랑은 영원한 비밀로, 그렇게 깊은 곳에 숨겨 두기로 하고 나는 내 마음을 잠갔어. 너를 향한 사랑만 간직하도록 내 마음을 깊게 돌려 잠갔어. 그 마음이 누설되지 않도록.

아홉 번째 편지: 그림의 쓸모

　사랑에 빠져들던 그 시절을 아주 똑똑히 기억하고 있어. 너라는 존재가 내 안에서 촛불처럼 켜졌을 뿐인데, 나라는 존재의 구석구석이 환하게 밝아졌던 그 환희를 말이야. 내 안에서 오랫동안 멍들고, 상하고, 덧났던 부분이 더는 아리지 않았어. 네가 나를 향해 웃어 줄 때마다 너의 따스함이 내 몸 곳곳으로 퍼져 나갔으니까. 내 심장을 저릿저릿하게 했던 그 오랜 상처들을 통로 삼아서 말이야.

　그럴 때면 꽃씨가 뿌리내리는 것처럼 내 몸은 간질간질해졌어. 봄이 오려면 아직 멀었는데 내 몸은 벌써 새싹이 돋을 것처럼 간질간질. 그 간질간질한 느낌 때문에 네 앞에서는 유독 더 많이 웃었어. 네가 세상에 있어 줘서 간질간질. 네가 나를 보고 웃어줘서 간질간질. 그런 너를 내 눈에 담고 바라볼 수 있어서 간질간질. 황홀하고 찬란한 간질간질.

　그럴 때면 생각했지. 왜 하필이면 너였을까. 아주 오래 생각하고, 생각한 끝에 알게 되었지. 좋아하는 게 언제나 먼저고, 그 이유들은 그저 사랑을 뒤쫓을 뿐이라는 것.

　종소리처럼 동그랗게 퍼지는 네 웃음소리가 좋았고, 신기한 일이 생길 때면 가늘게 잡히는 네 미간의 주름이 좋았어. 내 이름을 부르며 흔드는 네 손이 공기를 날렵하게 가르는 게 좋았고, 그때 찰랑거리는 네 머리카락이 햇살 속에 반쯤 투명하게 반짝이는 게 좋았어. 조금만 방심하면 눈송이처럼 내려앉는 너의 슬픔에 익숙해지고 나니 느닷없이 너를 덮쳐오는 침묵도 좋아하게 되었어. 그렇게 두 개의 섬처럼 우두커니 시간을 보내는 것을 사랑했고, 그 침묵 끝에 다시 엷은 파도처럼 밀려오는 너의 활기는 내 심장을 떨리게 했지.

난 똑똑히 알고 있었어. 내가 첫사랑의 시간을 통과하고 있다는 걸. 모를 수가 없었지. 그때와 같은 순간은 내 인생에서 한 번도 없었는걸. 내가 다른 존재가 아닌 바로 나라는 걸 그토록 바로 인식해 본 적은 그때가 처음이었어.

세상이 매일 달라진다는 것쯤은 나도 이미 알고 있었어. 공기의 채도, 바람의 속도, 하늘의 고도, 그림자의 밀도는 매일매일 다르니까. 늘 같은 듯 보여도 말이야. 그런데 네가 내 마음에 들어오고 나서는 내 주변 모든 것이 완전히 변해버리기 시작했어.

사랑에 빠진 건 나였는데, 우주가 함께 내 사랑을 겪었지. 공기는 언제나 조금 더 금빛으로 물들었고, 그 빛은 언제나 네 주변을 감싸며 흘러내렸어. 바람은 작은 소리로 부스럭거리며 너의 이름을 속삭였고, 그 소리에 기울어졌던 하늘은 어깨를 툭툭 털고 다시 높아졌어. 눈 위에 내린 너의 그림자는 이 정도쯤은 괜찮다는 듯, 내 그림자에 자기를 포갰어. 그렇게 세상이 변해버릴 때면 숨이 막힐 것 같았어. 아름다웠으니까.

새싹이 돋기 시작하는 봄이 오자 나는 조금씩 불안해졌어. 너에게 들키게 될까 봐. 나를 가득 채우고도 모자라, 숨만 쉬어도 자꾸 새어 나올 것 같은 내 마음을 들킬까 봐.

참고 또 참다 너를 겨우 한 번 만날 때면 얼마나 심장이 쿵쾅거리며 뛰었는지 몰라. 우산 위로 봄비가 떨어져 구르는 소리보다 내 심장이 뛰는 소리가 훨씬 더 커서, 너에게서 한 걸음 더 물러나 걸어야 했어. 내 낡은 가방 속에 꼭꼭 포장해 숨겨놓은 네 초상화를 떠올릴 때면 언제나 심장이 바삐 뛰었어. 가방을 어깨에 멜 때마다 긴장해야 할 정도로. 너는 세상에 있는지도 모를, 그 그림을 너에게 들킬까 봐.

 그렇게 모든 것에 호들갑이면서 어떻게 너에게 네 초상화를 줄 수 있었냐고? 내 이야기를 잘 들어 봐.

 비가 오는 날이었어. 뉴스에서는 이번 비만 그치면 본격적으로 봄이 올 거라고 떠들어댔어. 나는 네가 걱정되었어. 내일 봄이 온다 해도, 오늘은 비가 오니까. 비 오는 날이면 우울해지는 네가 걱정되어서, 무작정 너의 집 앞 놀이터에서 너를 기다렸어. 몇 시간을 기다려도 너는 오지 않았지. 그제야 깨달았어. 걱정되어서가 아니라, 보고 싶어서 너를 기다렸다는 걸. 비는 그저 핑계였던 거지.

 터덜터덜 집으로 돌아가려는데, 누군가 내 이름을 불렀어. 너였어. 반가움에 내 입에서는 아무 말이나 마구 튀어나왔어. 심심해서 나왔다는 말. 여기 온 지 얼마 되지 않았다는 말. 너는 싱긋 웃더니, 학원 빼먹은 거 다 알고 있다 했지. 학원에서 엄마에게 전화했고 엄마가 너에게 전화해서 내가 어디 있는지 물어봤다고.

 기가 막혔어. 학원을 빠진 적은 전에도 있지만, 엄마에게까지 전화해서 나를 찾은 적은 없었으니까. 학원이나 빼먹는 철부지로 찍힌 게 억울해서 눈물이 핑 돌 것 같았어. 네가 다시 싱긋 웃더니 그럼 오늘은 너랑 놀자고 말하기 전까지는 말이야.

그날 같이 간 오락실에서 너는 게임마다 연거푸 나를 이겨버렸지. 그러더니 마지막엔 몇 판 져주더라고. 네가 이긴 것보다 일부러 져준 게 더 속상했어. 만회하고 싶어서 인형 뽑기에 도전했지만, 그것조차 쉽지 않더라. 하얀 토끼 인형을 뽑고 싶었지만 무리였어. 나는 실패하고, 또 실패하고 말았지. 겨우겨우 뽑은 건 못생긴 회색 하마 인형. 잘하는 게 하나 없는 멍청한 회색 하마 같은 내 처지에 난 상심해 버렸어.

터덜터덜 집으로 향하던 길에 네가 지나치듯 말했어.

"가끔은 나도 행복해지고 싶다고 생각해. 그런데 그러면 왠지 미안해져."

걸음을 멈출 수밖에 없었어. 네 말이 무슨 뜻인지 나도 너무 잘 알고 있었으니까. 어떤 말이든 위로가 되는 말을 하고 싶었지만, 도대체 무슨 말을 해야 할지 모르겠더라고. 가시가 목에 걸린 듯, 목구멍만 아려왔지.

말은 닿지 않았지만, 마음은 보태고 싶었어. 가방에서 그림을 꺼내 너에게 내밀었어. 그 그림이 조금이나마 너를 위로해 주길 바라며.

그날 밤늦게 네게서 문자가 왔어.

"선재가 보고 싶어."

처음이었어. 형 이름이 우리 대화에 나온 것은. 네가 너의 진짜 마음을 말한 것도. 높게 쌓은 벽 같던 슬픔이 허물어지자 그리움이 파도처럼 밀려들었어. 순간 목이 잠기더니, 말라버린 줄 알았던 내 눈에서도 눈물이 흘러내렸지.

그제야 나는 아까 네게 해주고 싶던 말이 무엇이었는지 깨달을 수 있었어.

"마음껏 행복해져. 형은 그걸 바랄 거야."

내가 지난 편지에서 했던 말. 내 그림은 아무런 쓸모도 없다고 했던 말. 그 말은 잘못된 말이었어. 적어도 그림은 나를 바꿔오고 있고, 또 가끔은 누군가의 마음을 비춰줄 수도 있으니까.

얼어붙은 시간에 함께 머물러 줄 수 있는 그림을 그리고 싶어. 그 사람이 다시 보통의 날로 돌아갈 때까지 말이야.

방금 화실 형에게 연락해서 특강은 하지 않기로 했어. 무언가를 포기해야 한다면 그림이 아닌 다른 걸 포기하려고. 난 아직도 그리고 싶은 게 너무 많아.

두 번째 편지 묶음

열 번째 편지: 벚꽃연가

본가에 다녀왔어. 익숙하고도 불편한 저녁 식사였어. 엄마와 대화할 때, 나는 일종의 게임을 한다고 생각해. 규칙은 아주 간단해. 말을 주고받을 수는 있지만, 유효한 대화는 하지 않아. 안부는 괜찮지만, 걱정은 안 돼. 가벼운 부탁은 괜찮지만, 당부는 안 되는 거지.

엄마는 감기는 다 나았냐고 물었고, 나는 며칠 잠깐 몸이 안 좋았던 것뿐이라고 말했어. 엄마는 생강청을 싸주겠다고 했고, 나는 저번에 가져간 생강청도 그대로 남아있다고 했어. 자고 갈 거냐고 엄마가 묻기 전에 나는 약속이 있다며 일어섰어. 집을 나와 잰걸음으로 한참이나 걷고 나서야 한숨을 쉬었지. 이번 달 내 의무는 다했으니까.

비겁해. 비겁하지. 그래도 지금의 이 거리가 내가 유지할 수 있는 최선의 거리야. 마음만 따르자면 아주 멀리 가버리고 싶어. 마음만으로는 말이야. 하지만 더 갈 수는 없어. 엄마에게 상처를 주고 싶지는 않으니까. 그렇다 한들, 엄마 곁에서 착한 아들 노릇을 할 수도 없어. 그러기에는 내 속이 좁아. 아주 많이 좁아. 잘잘못을 따지는 일은 부질없지만 나를 속이고 싶지도 않아. 그래서 이렇게 어정쩡한 곳에서 어정쩡한 마음으로 어정쩡한 거리를 유지하는 거야.

엄마는 나를 기다리고 있어. 내가 다시 예전처럼 돌아가기를. 아니, 어쩌면, 우리가 지금부터 새로운 관계를 만들어 나가기를 바랄지도 모르겠어. 건강한 모자 관계 같은, 그런 거. 하지만 나는 돌아갈 수 없어. 지금의 내게 엄마는 먼 거리에 있는 사람이야. 언젠가 후회할지도 모르지. 내가 잘못했다고, 내가 너무 했다고 후회할지도 모르지. 정말로 그렇게 된다 하더라도 어쩔 수 없어. 견딜 수 없으니까. 엄마와 나 사이의 이 거리마저 없다면 나는 할 수 있는 한 가장 멀리 가버릴 것 같으니까. 그리고 다신 돌아오지 않게 될 테니까.

처음 나 혼자 힘으로 아주 멀리까지 가 본 건, 내가 중학교 3학년이 되었던 해였어. 그래, 맞아. 네가 갑자기 사라져 버린 그 봄. 너에게 연락했는데, 안내 메시지가 흘러나왔어. 사용이 중지된 번호라고.

무언가 잘못되었다고 직감했지. 너희 집 현관문은 굳게 닫혀 있었어. 내가 계속 문을 두드리고 초인종을 눌러대는 통에 옆집 아주머니가 나오셨어. 아주머니가 그 집은 어제 이사 갔다고 말했지.

그 순간, 내 삶은 두 동강이 났어.

그때 내게 모든 사라짐은 죽음과 동의어였던 것 같아. 그날 나는 나도 모르게, 형을 떠나보냈던 그 병원으로 뛰어갔어. 이 세상에서 병원은 그곳 한 곳인 것처럼. 너마저 보낼 수는 없다는 생각에, 미친놈처럼 떨면서 장례식장으로 들어갔어. 1호실부터 7호실까지. 명단을 훑고 또 훑었어. 다행히 네 이름은 그곳에 없었어. 그제야 호흡이 돌아오고, 생각이 돌아왔어. 적어도 너에게 사고가 생긴 건 아니었으니까.

그러고 나니, 이해할 수 없었어. 어떻게 네가 그렇게 감쪽같이 사라질 수 있었는지. 왜 너는 단 한 마디도 나에게 하지 않았는지. 아니, 급하게 떠날 수밖에 없는 상황이었다고 해도 너는 왜 나중에라도 연락하지 않는 건지. 우리가 함께 보냈던 그 순간들이 너에게는 정말로 아무런 의미가 없었던 건지.

　너를 다시 찾기 위해서 애를 썼지. 네 이메일로 메일을 보냈지만, 메일은 매번 반송되었어. 형 친구들에게 물어서 겨우 들은 소식은 네가 자퇴해 버렸다는 거였지. 부동산에 가서 너희 집 소식을 묻기도 하고, 너랑 친했다는 친구를 찾아가 네 소식을 물어보기도 했어. 하지만 네가 어디로 떠났는지 아는 사람은 없었어. 그럴 때마다 나는 허탈해지고 외로워졌어. 내가 너에게 큰 의미가 아니란 건 알고 있었지만, 그래도 이렇게 갑자기 네가 떠나도 괜찮은 건 아니었으니까.

　그리고 며칠 뒤, 나는 서울로 가는 버스에 올라탔어. 어머니가 방송국 아나운서라고 네가 말했던 게 기억이 났거든. 너의 어머니 직장으로 찾아가 볼 생각이었어. 엄마 전시회 때문에 몇 번 서울에 갔던 적은 있지만, 나 혼자서 서울을 가는 건 처음이었지. 나에겐 나름 큰일이었지만, 겁은 안 났어. 너를 찾는 일에 비하면, 서울에 가는 일은 아무것도 아니었으니까. 미리 사두었던 샌드위치를 가방에 담고, 버스를 기다리면서 너희 어머니 이름을 삼십 번쯤 혼자 외웠지. 신은영 아나운서. 잊어버리지 않도록 말이야. 버스를 타도 긴장한 덕분인지 잠도 오지 않았어. 휴대폰 지도를 보며 방송국까지 가는 길을 외우고 또 외우다 보니, 어느새 서울이더라고.

　그해 상암동에는 유달리 벚꽃이 탐스럽게 피었어. 서울은 벚꽃도 이렇게 화려하나 생각할 정도였지. 방송국까지 가는 길은 어렵지 않았지만, 방송국 앞에 도착해서 나는 조금 놀랐어. 나는 내가 방송국 앞을 헤매는 유일한 미성년자일 줄 알았거든. 그런데 방송국 앞에는 이미 수많은 미성년자들이 진을 치고 있었어. 가요 프로그램 녹화가 있는 날인 것 같았어. 저 멀리에 누군가 작게 보일 때마다 사람들은 그룹 이름을 외치며, 사진을 찍었거든. 나는 그 사이에 섞여 너희 어머니를 기다렸어.

내 주변의 사람들은 계속 바뀌어 갔어. 한 무리의 사람들이 왔다가 누군가를 보고, 소리 지르고, 사진을 찍고, 멀어져 가면, 또 다른 무리의 사람들이 오고, 누군가를 보고, 소리 지르고, 사진 찍고, 멀어져갔지. 세 시간 동안 나는 소리 지를 일도, 웃을 일도, 사진을 찍을 일도 없이 기다리고만 있었어.

마음속 깊은 곳에서는 알고 있었던 것 같아. 이런 식으로는 절대 널 만날 수 없을 거라는 걸. 포기하는 마음이 커질수록, 다리도 아파지고 배도 고파졌지. 몸을 돌려 그 무리를 빠져나오려고 할 때 누군가 내게 물었어.

"못 보고 가는 거에요?"

내 바로 옆에 서 있던 어떤 여자애였어. 키가 작고 눈이 동그랗게 생긴 애였어. 내가 고개를 끄덕이자 그 여자애가 또 말했어.

"누굴 기다리는 거에요?"

나는 너희 어머니 성함을 말했어.

"신은영 아나운서요."

그 여자애는 조금 황당하다는 표정을 짓다가, 내게 말했지.

"아나운서들은 보통 이 시간에 출근 안 해요."

나는 낙담해 버렸어.

생각지도 못한 전개였어. 방송국에 가는 것까지만 내 계획에 있었으니까. 어쩔 수 없이 한동안 멍하니 버스 정류장에 서 있었어. 그런데 누군가 내게 말을 걸었어.

"아나운서 팬은 처음 봐요."

아까 내 옆에 있던 그 눈이 둥근 여자아이였지. 처음 만난 사람에게 사실관계를 설명하기에는 기분이 너무 엉망이어서 나는 그냥 신은영 아나운서 팬인 척하기로 했어. 그 여자애는 자기는 어떤 남자 모델을 좋아한다고 했어. 거기에 서 있는 사람은 대부분 아이돌 팬이어서 자기는 소수파라고. 그러면서 나에게 신은영 아나운서를 언제부터 좋아하는지 묻는 거야.

최악의 기분을 느끼고 있을 때 수다쟁이까지 상대하고 싶지는 않았어. 나는 대충 다음 버스를 타고 가야 한다고 둘러댔어. 내 말에 그 여자애는 "그럼 또 봐요"라고 인사했지. 난 서울에 살지도 않았고 방송국에 다시 올 생각도 없었는데, 또 만나자고 인사하는 거야. 그래서였나 봐. 그 인사가 기억에 오래 남았어.

그렇게 서울에서 돌아온 후, 내가 어떻게 지냈는지는 잘 기억나지 않아. 그저 몇몇 장면만 떠오를 뿐. 하굣길에는 오직 한 가지 생각뿐이었어. 놀이터를 피해야 한다는 생각. 어차피 집 가는 길엔 그 놀이터도 없었는데 말이야. 네가 좋아하던 아몬드가 잔뜩 들어간 쿠키를 속이 더부룩해질 때까지 먹은 날도 있었어. 어쩌다 보니, 인형 뽑기 실력도 늘었지. 같은 반 여자아이들에게 차례로 나눠줬다가 헤픈 놈이란 오해까지 받았어. 그다음부터는 인형 뽑기는 그만두었지. 며칠 동안 가만히 누워만 지낸 적도 있어. 그럴 때면 네가 갑자기 사라진 게 다 내 잘못 같았어. 그렇게 내 탓을 하다 보면, 한마디 말도 없이 사라져 버린 네가 원망스러워지더라고. 아니, 원망하려고 했는데 혹시라도 네가 잘못될까 봐, 다만 네가 행복하기만을 바랐어.

너에게 나는 중요하지 않은 존재라는 걸 받아들이는 건 고통스러웠지만, 또 어떻게 내 뜻대로만 인생이 흘러가겠어. 그때의 나는 어렸어도, 원치 않는 일들이 일어나고 마는 게 인생이란 걸 모를 정도로 어리진 않았어.

거기다 우리 다시 만났잖아. 그거면 됐어.

열한 번째 편지: 여자 친구

　고백할 게 있어. 저번 편지에서 나, 너에게 숨기고 넘어간 게 있어. 그때, 방송국 앞에서 어떤 여자애를 만났었다고 이야기했잖아. 나중에 그 애를 다시 우연히 만났어. 정말 우연히. 걔가 바로 예리야. 네가 나에게 몇 번이나 물어보던 예리 말이야.

　내가 예리 이야기를 꺼내게 될 줄 나도 몰랐어. 그때 예리를 처음 만났다는 걸 나도 한동안 잊고 지냈거든. 생각지도 못한 기억에 놀라서 나도 모르게 숨겼나 봐. 미안해. 숨겨서. 사실 숨길 이유도 없는데 말이야. 예리 이야기를 자꾸 피하면 더 이상하게 보일 거 같으니 오늘은 예리 이야기를 할게.

　예리를 다시 만난 건, 대학교에서였어. 대학교 동기였지만 처음부터 친하진 않았어. 예리는 활달하고 예뻐서 인기가 많았고, 나는 실기실에서 있는 시간보다 도서관에서 떠도는 시간이 더 많은 아웃사이더였거든. 서로 데면데면한 사이였다는 뜻이야.

　그러다가 어느 날 예리의 그림을 보게 되었어. 정말 굉장했어. 뭐랄까. 갖고 싶은 그림이었다고나 할까. 그전까지는 작품을 갖고 싶게 만드는 것이 얼마나 가치 있는 일인지 몰랐기 때문에 나는 충격을 받았어. 예리가 작품을 만드는 걸 보고 싶어서 내 실기실 자리를 예리 뒤쪽으로 옮길 정도였어. 그리고 깨달았지. 재능을 타고난다는 것의 의미를.

　나는 그때까지 입시 미술을 좀 폄하했던 것 같아. 제대로 된 예술이라기보다는 그림 노동에 가깝다고 생각했거든. 그런데 예리가 보여주었지. 기본기가 탄탄한 사람이 다다를 수 있는 경지를. 거기다가 예리는 재료도 얼마나 잘 다루는지. 수채화면 수채화, 유화면 유화. 데생이면 데생, 콩테에 파스텔까지, 걔는 늘 준비가 되어 있더라고.-

예리와는 기말 회화 과제를 발표하던 날 친해졌어. 예리가 내 그림이 좋다고 말해줬거든. 예리같이 그림 잘 그리는 애가 날 인정해 주니까, 기분이 좋았지. 그래서 그날 있던 학과 뒤풀이에 같이 갔어. 갔는데, 너도 알다시피 내가 술을 잘 못 마시잖아. 애들이 술에 취해 부산해진 틈을 타서 빠져나왔어. 아웃사이더답게 혼자서.

정류장에서 버스를 기다리는데 예리가 오더라고. 나는 집에 간다고 생각했는데, 예리는 내가 도망쳤다고 생각했나 봐. 나를 잡으러 왔대. 그리고 물어보더라고. 예전에 방송국 앞에서 만났던 거, 아직도 기억 못 하냐고.

방송국이라니 뜬구름 같은 소리라고 생각했어. 내 평생 방송국에 간 건 단 한 번뿐이니까. 그러다가 생각이 났지. 그때, 방송국 앞에서 만났던 눈이 둥그런 여자아이. 그 수다쟁이가 예리였던 거야. 깜짝 놀라는 나에게 예리가 말했어. 40대 아나운서를 몇 시간이나 기다릴 정도로 좋아하는 남자애는 흔치 않다고. 자기는 그날 내가 너무 실망한 것 같아서 버스정류장까지 따라간 거라고. 예리는 나에게 아직도 신 아나운서를 좋아하느냐고 물었어. 나는 고개를 가로저었어. 그때 내가 좋아했던 사람은 신은영 아나운서가 아니었으니까.

예리는 좀 특이한 사람이었어. 사람들이 흔히 천재라고 말하는, 그런 사람. 예리는 첫 학기에만 회화를 하다가, 그다음부터는 현대 미술로 넘어가고 싶다며, 한동안 붓을 잡지 않더라고. 예리처럼 그림을 잘 그리는 사람이 말이야. 몇 번이나 회화도 같이 하는 게 어떠냐고 했지만, 재미없다는 반응이었어. 거기다가 언제부터인가는 자신을 브랜딩한다면서 붉은색 옷만 입고 다녔어. 몇몇 애들은 그런 예리를 레드 사이코라고 불렀지만, 나는 예리를 그렇게 부르고 싶지는 않았어. 예리였으니까. 예리는 싸이코가 아니라, 예술가였으니까. 우리 동기 중에서 작가로 성공할 사람이 있다면, 나는 망설임 없이 예리일 거라 확신했어.

　네가 서운해할지도 모르겠어. 그래도 속이는 건 싫으니까 말할게.

　나는 예리 좋아했어. 뒤풀이에서 친해지고, 그해 여름 방학 내내 거의 매일 만났던 것 같아. 그전에는 주량이라고 할 것도 없었지만, 예리랑 술을 매일 같이 마신 덕분에 술도 좀 늘었지. 조만간 사귀자고 해야겠다고 생각할 때쯤, 우리는 같이 잤어.

　너무 뜬금없지. 그런데 예리랑 있으면 자꾸 그렇게 돼. 여름 방학도 거의 끝나갈 때쯤, 예리가 자기랑 같이 예술을 해보자고 부르더라고. 그때는 아직 예리가 현대 미술을 하겠다고 선언하기 이전이라, 난 화구를 챙겨 나갔어. 그런데 만나자는 곳이 호텔인 거야. 예리가 잘 사는 줄은 알았지만, 그림을 그리러 호텔까지 갈 줄은 몰랐거든. 우린 겨우 스무 살, 대학교 1학년이었으니까. 좀 예상외였지만 예리가 오라는 대로 호텔 방에 갔어. 거기서, 화구를 풀다 잠깐, 예리를 돌아보는데, 예리가 옷을 벗고 있는 거야. 나랑 눈이 마주쳤는데도, 계속. 태어나서 그렇게 당황하고 놀랐던 적은 처음이었어. 앞을 제대로 볼 수가 없더라고. 눈도 못 맞추고 있는 나에게 예리가 자기 누드를 그려달라고 했어.

　미대생에게 누드가 아주 특별한 건 아니야. 고등학교 때에도 남녀 누드를 해본 적이 있었는걸. 그래도 이건 차원이 다르잖아. 내가 아는 사람의 누드는 처음이었고, 또 예리였으니까. 못 그리겠다고 말하고 다시 화구를 챙겼어. 당장 그곳을 벗어날 생각이었거든. 그랬더니 예리가 그럼 자기랑 자자고 하더라고. 너무 바보처럼 들리겠지만, 누드를 그리는 것보다는 자는 게 훨씬 나은 선택처럼 들렸어. 그래서 잤어.

　엄청나게 서툴고, 힘들고, 어색했지. 엉망진창이었어. 생각보다 예리도 경험이 많은 것 같지는 않았어. 서로 어르고, 달래고, 응원해 가면서 겨우 관계가 끝났을 때, 진심으로 안도해 버렸으니까. 내가 그렇게 형편없어질 수 있다는 걸 알았다면 차라리 시작도 안 했을 거야. 시작할 때도 문제였는데, 끝나고는 더 모르겠더라. 피곤하고 지친 상태로, 어색하게 예리를 안고 있었어. 그랬는데, 예리가 자기가 잠깐 일 좀 할 테니 도망가지 말고 자기를 좀 기다려 달라는 거야. 그러더니 뭘 했는지 알아? 스케치북을 가져와서 그림을 그렸어. 나를 그리지는 않았지만, 내가 벗어놓은 옷가지와 구겨진 침구, 떨어진 화구, 버려진 콘돔 이런 것들을 크로키로 그려대는 거야. 나는 좀 화가 나기도 했고 서운하기도 했어.

　예리와의 관계는 그 이후로도 비슷했어. 예상할 수 없는 일들의 연속이었지. 나는 예리가 나를 사랑하는지 궁금했지만, 묻지 않았어. 대신 우리는 섹스를 했어. 횟수가 늘어날수록 서로에게 더 익숙해졌고, 그러다 보니 다른 사람은 모르는 예리의 모습도 알게 되었어. 낮 동안의 예리는 늘 밝고 씩씩했지만, 잠을 자면서는 자주 울었어. 그럴 때면 나는 예리에게 필요한 건 내가 아니라 악몽에서 깨워줄 누군가일지도 모른다는 생각을 했어. 이 말을 예리에게 할 수는 없었어. 예리는 자기가 자면서 눈물을 흘리는 줄도 몰랐으니까.

예리가 현대미술을 하겠다고 본격적으로 선언하고 나서부터 우리 사이는 조금씩 금이 갔던 것 같아. 예리는 자신의 삶을 예술로 승화시키고 싶어 했어. 삶과 예술의 경계가 생기는 걸 싫어했지. 문제는 그 예리의 예술에 내가 종종 포함되었다는 것이었어.

그리고 나는 곧 반예술적인 존재가 되었지. 불편했거든. 예리가 작품 활동을 통해 내가 감추고 싶던 것, 예리에게만 보여줬다고 생각했던 것까지, 이런저런 형태로 공개하는 것이. 우리의 시간은 우리를 위한 것이지, 관객들을 위한 것은 아니었으니까.

최악은 예리가 기말과제로 우리 첫 관계 날에 그린 크로키를 전시했을 때였어. 우리는 크게 싸웠어. 나에게는 둘만의 비밀 같은 것이었는데, 예리는 그 작품에 <보편적인 첫 섹스>라는 이름을 붙였지. 내가 화를 내자, 예리는 같이 예술을 하는 사람으로 자기를 이해할 수는 없느냐고 맞섰지. 나는 예리에게 우리에게 호텔 말고, 섹스 말고 다른 것이 있기는 하냐며 화를 냈어. 예술 때문에 만나는 거면 이제 그만하자고.

예리 성격에 불같이 화를 낼 줄 알았는데, 아니었어.

그날, 처음으로 예리가 나를 사랑한다고 말했어. 예리는 절대로 그런 말을 하지 않는 사람일 줄 알았는데 말이야. 난 예리를 용서했어. 거짓말처럼 화가 풀렸거든. 말했잖아. 예리를 좋아했다고.

그날, 우리는 내 방에서 함께 밤을 보냈어. 나는 예리를 그리고 싶다고 말했어. 누드 말고, 초상을 그리고 싶다고. 남들에게 보여주기 위해서가 아니라, 내가 간직할 초상을 그리고 싶다고. 그 밤은 우리가 보냈던 어떤 밤보다 가장 평화스러운 밤이었지.

그러나 평화는 오래가지 않았어. 새해 초에 예리가 나를 다시 호텔로 부르더라고. 이번엔 호텔에서 섹스 말고 다른 걸 해보자고. 알고 보니, 그날은 예리네 가족의 신년 식사 날이었어. 예리는 나에게 또 아무런 언질도 주지 않고, 가족 식사에 나를 참석시킨 거야. 전형적인 상류층 식사에, 청바지와 스니커즈 차림의 내가 끼어들게 된 거지.

예의 바르고 격식 있는 가족이었어. 예리가 나랑 사귄다고 말했을 때도, 나랑 잤다고 이야기했을 때도, 심지어 이 식사를 마치고 방에 올라가서 나랑 잘 거라고 말했을 때도, 그 누구도 반응하지 않았거든. 마치 아무 이야기도 듣지 않은 것처럼, 식사를 이어갔지. 주식이니, 금 시세 같은 이야기를 하면서 말이야. 어색하고도 불편한 자리였어.

지금 생각하면 예리도 힘들었겠구나 싶어. 가족 중 아무도 예리를 상대해 주지 않았으니까. 하지만 그때 나는 어렸고, 제멋대로인 예리에게 화가 날 만큼 나 있었어. 제대로 망신을 당했다고 생각했거든.

나는 약속을 핑계로 식사를 마치자마자 일어섰어. 예리가 잡았지만, 함께 호텔 방으로 올라갈 마음 따위는 눈곱만큼도 없었지.

예리의 초상화를 다 그려갈 무렵, 우리는 헤어졌어.

예리 말이 맞았나 봐. 예리랑 있으면 나는 늘 도망칠 궁리를 했던 것 같

아. 군대를 상대적으로 일찍 가게 된 것도 예리에게서 도망치고 싶어서였을지도 모르겠어. 군대에 간다는 내 말에 예리는 이만 헤어지자고 말했지. 그게 다야.

예리에 대해 다시 생각할 여유가 생긴 건 네 덕분이었어. 어느 날 네가 나에게 물어주었거든. 내 작업실 한구석에 놓아두었던 예리의 초상화를 찾아낸 내고 말이야.

"이 사람 많이 좋아했었나 보네. 헤어지고 많이 힘들진 않았어?"

그때 네 말이 조금쯤은 날 구원했어. 그때까지는 예리를 생각하면 애매하기만 했거든. 자꾸만 피하고만 싶은 그런 불편하고 애매한 감정. 그런데 네가 내게 물어봐 주니까, 나도 기억이 났어. 나도 예리를 예리를 좋아했다는 것이. 그것도 아주 많이. 아무리 화가 났어도 사랑한다는 한 마디면 모든 게 풀릴 정도로 그렇게 많이.

그래서 인정할 수 있었지. 최선을 다했지만 헤어지게 된 건, 그저 어리고 서툴렀기 때문이었다고. 예리 잘못도, 내 잘못도 아니라고. 예리와 함께한 시간이 그제야 소중한 추억이 되어 내 마음에서 접혔어.

네 덕분에 배우게 된 거야. 헤어져도 사랑의 기억은 여전히 마음속에 남는다는 걸. 헤어졌다고 해서 좋았던 모든 것이 없던 일이 되는 건 아니니까. 아무리 상처받았다고 해도 사랑은 사랑이야. 그러니까 지나간 사랑을 떠올릴 때는 언제나 다정하게 안부를 물어줘야 해. 괜찮냐고. 사랑을 겪어낸 그 마음은 지금 괜찮냐고.

그날은 네가 내게 물어줬지만 오늘은 내가 너에게 묻고 싶어. 너는 잘 지내는지. 나는 늘 네가 행복하기를 바라고 있어. 그곳에서도 늘 행복하길, 혜주야.

열두 번째 편지 : 아노락을 펄럭이며

　어제는 재하와 만나서 게임을 했어. 우리의 적수가 될 만한 사람은 우리 둘뿐이라 게임은 꼭 둘이서 해야 해. 재하가 아닌 다른 사람과 함께하면 민폐를 끼치게 되거든.

　우리는 전쟁터를 헤매는 게임을 좋아해. 좋아한다는 말이 부끄러울 정도의 실력이지만. 긴장한 나머지 같은 편끼리 쏘아 버릴 때도 있고, 적진 한복판에 탄창 없이 뛰어들거나 사방이 뻥 뚫린 초원을 무방비로 진격하기도 하지. 마음이야 무공훈장이라도 받을 듯 전쟁터를 종횡무진 휩쓸지만 게임을 시작하기가 무섭게 재하도, 나도 장렬히 퇴장하는 게 보통이야. 소원을 빌 새도 없이 떨어지는 별똥별처럼 재빠르게.

　어제도 우리는 게임에서 지고, 지고, 또 졌지. 심지어 우리가 참여하던 방 하나는 폭파되기까지 했어. 아무리 승리의 기쁨이 좋다고 한들 9연승은 너무 지루했나 봐. 그렇게 방이 폭파되고 게임 루저들은 술을 마시러 갔어. 호탕하게 그날 하루를 마무리하고 싶었거든.

　나야 술을 잘 못 하니까 당연히 안주가 맛있는 술집에 가고 싶었지. 하지만 재하의 고집은 남달랐어. 사나이답게 끝까지 가보자는 거야. 사나이라면 '소주에 돼지 껍데기'라는 그 뻔뻔한 논리에 또 설득되어 껍데기를 먹으러 갔어. 그리고 늘 반복되는 일들이 일어났지.

　재하는 술을 많이 마셨고, 결국 술을 너무 많이 마시게 되었지. 나는 재하의 헛소리에 대충 대꾸를 맞췄고, 옆 테이블로 날아가 버린 돼지 껍데기를 두어 번 주워 왔고, 친절했던 옆 테이블 사람들에게 서비스 계란찜을 양보한 뒤, 노래방을 가겠다고 우기는 재하를 겨우 달래 택시를 태워 보냈어. 그렇게 호탕하기는커녕 혼비백산한 저녁 시간을 보내고 술이나 깰 겸 잠시 걸었었어.

땅 위는 얼어붙을 듯 추운데, 맑은 하늘에는 무심하게 달이 떠 있더라. 마치 마티스가 색종이로 오린 듯, 동그랗고 빛나는 달이.

재하는 나와 같은 고등학교, 같은 대학교에 다녔어. 알다시피 예고나 미대에는 남자들이 별로 없어. 남자들이 별로 없으니, 별로 없는 남자들끼리 친해질 거라고 생각할 수 있는데, 전혀 그렇지 않아. 예술하는 남자들은 섬세하거든. 몇 명이 없으니까 더 신중해야 하는 거야.

재하의 첫인상은 별로였어. 말도 너무 많은 데다 언제나 스키니 팬츠를 입고 있었거든. 잠옷도 스키니를 입을 기세였지. 더 나빴던 건 아노락. 바람이 조금이라도 부는 날이면, 재하는 어김없이 텐트처럼 펄럭거리는 아노락을 입었어. 아무리 칠흑 같은 밤이라도 보름달처럼 빛날, 번쩍거리는 형광 노란색 아노락을 말이야.

재미있는 건, 그 재하가 미술과 천재로 통했다는 거야. 미술을 잘해서가 아니라, 연애 천재로. 그다지 잘생긴 것도 아니고, 키가 큰 것도 아니고, 옷을 잘 입는 것도, 심지어 성격이 좋은 것도 아닌데, 재하는 인기가 있었어.

황당하게도 여자들은 재하를 좋아했어. 알이 없는 가짜 안경을 끼고, 스키니 팬츠에 펄럭대는 아노락을 걸친 재하를. 재하는 끊임없이 여자 친구를 사귀었어. 그것도 엄청나게 괜찮은 여자들로. 그 비결이 너무 궁금해서 재하와 가까워졌어. 그런데 정신 차려 보니 비결 따위는 하나도 듣지 못한 채, 재하와 베프가 되어 있더라고.

 널 다시 만났다는 소식을 제일 먼저 전했던 사람도 재하였어. 이른 봄이었고, 햇살이 흐린 하늘을 적시고 있었지. 봄바람처럼 일렁이는 무하의 그림에 딱 어울리는 날씨였어. 익숙하게 도서관 서가에 꽂힌 도록을 찾아, 대출대 줄에 서 있었어. 그 순간, 섬광처럼 어떤 실루엣이 보였어. 복도 저 끝에서.

 그리웠던, 익숙했던, 예감 같던 사람. 너였어. 하늘색 봄 코트를 입고, 커다란 가방을 들고, 네가 걸어 나가고 있었어. 처음에는 그저 숨이 막혔어. 너였으니까. 겨우 차가운 공기를 들이켰지만, 어지럽게 뛰는 심장 소리가 너무 크게 머리를 울려댔지. 너를 잡기 위해 무언가를 하고 싶었는데 꼼짝을 할 수 없었어. 네가 지나가는 풍경의 배경이 된 듯 나는 그만 얼어붙어 버렸어.

 "대출하실 책을 올려놓으시면 됩니다."

 사서의 사무적인 목소리에 마침내 정신이 돌아왔을 때, 너는 이미 그곳에 없었어. 감쪽같이 사라져 버린 거야. 그렇게 허무하게 기회를 날려 먹은 나 자신에게 욕을 퍼부었지만, 너를 찾을 수는 없었어.

 그날 재하에게 첫 연애 상담을 받았지. 학교 앞 전집에서. 지글지글 전이 익어가는 소리를 들으며, 재하에게 너를 놓쳐버렸다고 말했어. 어디 사는지, 다시 만날 수 있을지, 아무것도 알 수 없게 되었다고. 재하는 조금도 당황하는 기색 없이 전문가처럼 고개를 끄덕거리더니, 이렇게 말했어.

"아까와 비슷한 시간에 도서관에 가서 매일 기다려."

분노가 치밀었어. 누구나 할 수 있는 말이었으니까. 연애 천재 재하라면 조금쯤 더 특별한 말을 해 줄 거라고 기대했는데 말이야.

내가 화를 내니까, 재하는 갓 구워진 동그랑땡을 하나 집어서 오물오물 씹었어. 동그랑땡을 다 먹으면, 나한테 다른 무슨 말을 해줄 줄 알았는데, 이 녀석은 아무 말 없이 다음 전을 집는 거야.

나는 바보라도 아는 소리 말고, 다른 조언을 해달라고 애걸했어. 그랬더니 재하가 이렇게 말하더라고. 그 당연한 걸 사람들이 못해서, 연애가 힘든 거라고.

맞는 소리였지. 할 말이 없더라. 그래도 수긍하기는 싫었어. 그렇게 매일 기다려도 너를 다시는 못 만날 수도 있으니까. 내 걱정에, 재하가 어깨를 한 번 으쓱하더니, 재수 없게 말했어.

"그럼 포기하면 되지."

그날 밤에는 재하를 욕하며 집에 갔지만, 알잖아. 나는 재하한테 꼼짝 못 하는 거. 다음 날부터 나는 도서관에 출근하기 시작했어. 너를 만날 수도 있으니까. 내가 제일 좋아하는 옷을 입고, 향이 좋은 향수도 뿌리고. 매일 한 시간씩 도서관을 돌았지.

매일 한 시간씩 도서관 앞을 배회하는 것, 생각보다 쉽지 않더라고. 너를 다시 만날지도 모른다는 기대는 너무도 쉽게 너를 만나지 못했다는 실망으로 바뀌었으니까. 어떤 날은 너를 꼭 만날 것만 같았고, 또 다른 날은 내가 헛수고만 하는 것 같았지. 하지만 나는 지치지 않기로 했어. 재하 말대로 포기하는 순간, 널 다시 만날 가능성도 없어지는 거니까.

다른 이야기를 더 하기 전에 말이야, 내 명예를 위해 한 가지는 꼭 밝히고 싶어. 대부분 아무래도 재하보다는 내가 한 수 위라는 것, 잊지 마. 나는 재하보다 축구도 훨씬 잘하고, 고음도 훨씬 더 높이 올릴 수 있어. (박효신 <야생화>도 진성으로 올릴 수 있다고.)

뭐, 그래도 가끔 나도 인정해. 재하도 멋질 때가 있다고. 물론 아무리 그렇다고 해도 스키니 팬츠에 아노락을 입을 때는 제외지만.

열세 번째 편지: 나뭇잎 사이로

아직도 선명하게 그날을 떠올릴 수 있어. 너를 다시 만난 날. 한 달 전 너를 스쳐 보냈던 그 도서관 정원에서 너를 다시 보았어. 너는 벤치에 앉아 있었어. 연보랏빛 등나무 꽃그늘 속에 네가 봄처럼 내려앉아 있었지.

백 번도 더 상상한 장면이었지만, 현실로 받아들이기에는 너무 비현실적이었어. 네가 내 앞에 있다는 게 도저히 믿기지 않았지. 네가 고개를 숙여 운동화 끈을 묶었고, 그제야 현실감이 생기더라. 한 번도 운동화 끈을 묶는 너를 상상해 본 적은 없었으니까.

인사말을 생각해 내기도 전에 네게로 달려가고 있었어. 널 다시 놓칠까 두려웠거든. 다급하고 어색하게 인사를 건넸어.

마치 미국 사람들처럼 저 멀리서부터 한쪽 팔을 높이 들고, 안녕! 이렇게.

너는 나를 보고 처음에는 조금 갸우뚱하더니 곧 웃음을 터뜨렸지. 나를 못 알아볼까 봐 무릎이 달달 떨릴 만큼 긴장했었는데, 아니었어.

내가 아직 소년이었을 때, 그때의 나에게 웃어주던 그 미소와 똑같은 미소로 너는 내게 웃어주었어. 기뻤어. 순전히, 티 없이 기뻤어. 네 웃음은 내 잘못으로 우리가 멀어진 게 아니란 뜻이었으니까.

더 좋은 건 그날의 나는 어른이었다는 거. 나는 어른답게 너에게 차를 한 잔 마시러 가자고 말할 수 있었고, 심지어 함께 마신 찻값을 낼 수도 있었어.

나는 네가 약속이 있다고 곧 가버리지나 않을까 조바심이 났지만 너는 시간이 좀 있다고 했어. 너는 대학원에 다니고 있고, 기숙사에서 살고 있다고 했어. 부모님은 이혼하셨다고.

나는 네가 혹시 궁금해할지도 모를 내 근황을 전했어. 지금은 서울에서 미술을 전공하고 있다고. 그리고 최대한 태연한 표정으로 궁금했던 질문을 던졌지.

"만나는 사람은 없어?"

심장이 멎을 것 같은 정적 후에 네가 대답했어.

"아니, 없어."

나는 기쁨으로 작은 헛기침을 했어.

네가 남자 친구가 없다고 해서 앞으로 내게 꼭 기회가 온다는 뜻은 아니겠지만, 적어도 이번에는 정정당당하게 싸워볼 만한 기회가 온 거니까. 나는 주먹을 불끈 쥐었어. 이렇게 완벽한 타이밍에 너를 만나는 행운을 누린다는 게 믿기지 않았거든.

네가 남자 친구가 없다고 말한 그 말 이후, 우리가 무슨 이야기를 나누었는지는 잘 기억나지 않아. 네가 한 모든 말들을 잊지 않으려고 집중하고 또 집중한 끝에 탈진해 버렸거든. 그날 저녁, 난 밥도 굶고 잠에 곯아떨어졌어. 하늘을 둥둥 떠다니는 것 같은 행복한 잠이었지.

다음 날 나는 다급하게 재하를 찾았어. 재하 말대로 해서 너를 다시 만났으니까. 이번에는 너를 사로잡을 방법을 가르쳐달라고, 녀석에게 부탁

했지.

재하는 참 뻔뻔한 놈이야. 대놓고 나를 착취하더라고. 그날 나는 재하 게임비도 내주고, 밥도 사고, 술도 샀어. 술뿐이 아니야. 과일 안주에 황태까지 시켜주었지. 그랬더니 재하가 뜬금없이 아디다스 슈퍼스타가 갖고 싶다고 하더라고. 내 마음이 너무 급하니까, 어쩔 수가 없지. 술 마시다가 바로 근처 매장으로 갔어. 재하가 사 오라는 사이즈가 없을까 봐 얼마나 두근댔는지 몰라. 다행히도 그 사이즈가 있더라고. 바로 사서, 재하에게 신발 상자를 건넸지. 쿵쾅쿵쾅 음악이 흘러나오는 반지하 술집에서, 공주에게 반지를 내미는 왕자처럼 정중하게.

그제야 재하가 대단한 비밀을 누설하듯 나한테 말하더라고. 여자분한테 맛있는 거 많이 사주라고.

사기당한 거지.

하루 종일 재하 비위를 맞추고 스니커즈까지 사 온 끝에 들은 이야기가 맛있는 거 많이 사주라는 거라니. 그건 바보도 알 만한 거잖아. 재하에게 욕이나 퍼부어주려고 하는데, 재하가 또 그러는 거야. 밥 사주면서 뭐 좋아하는지 많이 물어보라고. 그다음에 만날 땐 여자분이 좋아한다고 말한 걸 해주라고.

재하에게 기대한 내가 바보인 거지. 당연한 소리만 해대는 재하에게 물었어. 밥 사준다고 해도 싫다고 하면 어떻게 해야 하냐고. 재하가 뭐 그런 것까지 물어보느냐는 식으로 답하더라.

"포기해. 여자한테 부담 주는 거 아니야."

그때 느꼈지. 뭔가 말이 안 되는데, 말이 된다고. 아까 말했잖아. 재하 말은 설득력이 있다고. 갑자기 너에게 정말 맛있는 걸 사주고 싶고. 왠지 그러면 네가 나를 좋아해 줄 것만 같고. 네가 나를 안 좋아해 줘도 그냥 밥 한 끼를 너에게 사주면 내가 얼마나 기쁠까 싶고. 그거면 된 거 아닌가 싶기도 하고. 그날부터 내 소원은 너와 같이 밥 먹는 게 되어 버렸어.

사랑은 늘 남는 장사인 것 같아. 아주 작은 일들로도 존재가 흔들릴 만큼 기뻐지니까. 그날의 만남이 나를 얼마나 오랫동안 설레게 했는지 너는 모를 거야. 누군가와 함께하는 한 끼가 그렇게 행복한 일이라는 걸 너를 만나기 전의 내가 몰랐듯이.

주변의 모든 돌이 황금으로 바뀌는 것, 그게 사랑하는 사람의 마음이야. 네가 나에게 선물해 준 마음이야.

열네 번째 편지: 데이트

어제는 전시회에 갔었어. 뭐, 그림쟁이가 전시회를 간 것 자체는 별로 대단한 일은 아니지. 그렇지만 어제 전시회는 나에게는 특별했어. 네가 다녔던 학교에서 열린 전시였거든.

거의 3년 만에 미술관을 들어서는데, 마음이 찡하더라고. 모든 것이 그대로여서. 검은 돌이 넓게 깔린 탁 트인 회랑도, 그 회랑을 감싼 축축하고 짙은 공기도, 처마 끝에서 가만히 부서져 내리고 있는 조명의 불빛도, 묵직하지만 매끄럽게 밀리는 유리문도 다 그대로였어.

대단한 전시가 열릴 일도 없고 규모도 크진 않지만, 그곳은 여전히 내가 제일 좋아하는 미술관이야. 내 작품을 전시했던 곳보다도 거길 더 많이 갔는데, 내가 아직 질리지 않았다고 하면 믿겠어?

그 미술관은 내게 오랫동안 행운의 장소였어.

6년 만에 다시 만난 너는 대학원에 다니고 있다고 했어. 집에 돌아오는 버스에서 혼자 기도했어. 그 학교에 제대로 된 미술관이 있기를. 그러면 미술관 구경을 핑계로 자연스럽게 너를 만나러 갈 수 있으니까. 다행히 그곳에는 미술관이 있었지.

아르바이트가 없는 날이면 수업을 마치고 너희 학교 미술관에 들렀다가 오는 게 나의 일과가 되었어. 좋아하는 향수를 뿌리고 제일 깨끗한 셔츠를 입고, 전시실을 한 바퀴 돌고, 미술관을 나와서 네가 공부하는 연구

동까지 조금 걷다 오는 거지. 운이 좋은 날은 창가 바로 앞자리에 앉은 너를 볼 수도 있었지만, 창밖에서 네 이름을 부른다든가 하고 싶진 않았어. 어디까지나 자연스럽게 너와 마주치는 게 내 목표였거든. 재하 말대로 여자한테는 부담 주는 거 아니니까.

너는 내가 정말로 그림 구경에 미친 것으로 아는 건지, 오늘도 너희 학교 미술관 구경을 다녀왔다는 내 말에 그저 신기해만 하더라고. 무슨 전시가 그렇게 좋은 거냐고 해맑게 웃으며, 아무런 의심 없이 말이야. 솔직히 말하면 조금은 상처였어. 눈치챌 줄 법도 한데 너는 정말 관심이 없더라고.

불평할 수는 없었지. 그동안 너를 얼마나 보고 싶어 했는데, 내가 너에게 내가 불평하겠어. 창가에 어린 네 실루엣만 보아도, 심장이 다 녹아버릴 듯, 나는 좋은데. 언젠가는 너와 함께 미술관에 같이 가자는 네 말에 심장이 뻐근해질 만큼 네가 좋은데.

재하는 천재였어. 맛있는 걸 먹자는 것처럼 완벽한 핑계는 없었으니까. 나는 네게 밥 친구를 찾고 있다고 말했어. 복학하고 나니 친구가 별로 없다고. 좀 처절해 보이는 감이 있긴 했지만, 내 나름의 승부수였지. 같이 밥 먹고 싶었으니까. 친절한 너는 내 예상대로 네가 가끔 밥 친구가 되어주겠다고 했어.

나는 곧 너희 학교 주변 식당들에 대한 전문가가 되었지. 보들보들하게 구워지는 냉동 삼겹살, 독특한 향기가 나는 능이 버섯 전골, 여섯 가지 쌈이 나오는 쌈밥, 정말 이탈리아 정통인지는 알 수 없는 크림소스 스파게티와 라구 스파게티까지 섭렵했지. 그렇지만 내 마음에 드는 식당은 없었어. 우리의 첫 식사 장소라면 특별하고도 상징적인 곳이어야 한다고 생각했거든.

　고민 끝에 내가 겨우 고른 곳은 스페인 음식점이었어. 제대로 된 빠에야를 파는 곳이라는 리뷰를 읽었거든. 그 리뷰에는 사랑에 빠진 남녀가 시간을 보내기에 좋은 곳이라는 내용도 있었지.

　마음을 굳힌 저녁, 너에게 메시지를 보냈어. 토요일에 밥 먹자고. 토요일에는 선배 일을 돕기로 했다고 네가 말했어. 그 선배란 인물이 남자인지 아닌지 궁금했지만 묻지 못했어. 난 소심했거든. 일요일은 어떠냐고 물을까 했지만 그것도 그만두었어. 일요일까지도 그 멍청한 선배 녀석을 도와줄 계획이라고 말한다면 못 참고 화를 낼 것 같았거든.

　그토록 기대했던 주말이 왔고, 나는 혼자서도 보람찬 토요일을 보내기로 마음먹었지. 우선, 오후가 될 때까지 늦잠을 잤어. 도저히 더 못 누워있을 때까지 누워있다, 겨우 일어나서 시간이 잘 가는 일들을 했지. 냉장고 정리, 청소기 돌리기, 유리창 닦기, 빨래. 라면도 끓여 먹었어. 세탁기에서 나온 빨래를 막 널려고 하는데 휴대폰이 울렸어. 토요일 저녁에 전화할 사람은 엄마나 재하뿐이니까, 심드렁하게 전화를 받았어.

　너였어.

　네가 나에게 물었지. 생각보다 낮에 있던 미팅이 일찍 끝났는데, 밥 먹자는 제안은 아직 유효하냐고. 그 제안은 아주 대단히 유효했지. 이미 라면을 먹었지만, 그건 하나도 중요하지 않았어. 그날 저녁 나는 냄비라도 씹어먹을 수 있었으니까.

네가 우리 동네로 오겠다고 했어. 그동안 너희 학교 주변만 찾아보느라, 우리 동네 식당은 아는 곳이 없었어. 사랑에 빠진 남녀가 찾기에 좋은 식당은커녕 가성비 좋은 백반집 하나도 몰랐지. 아는 식당이 있냐는 네 말에 내가 말이 없자, 너는 맥도날드를 가자고 했어. 완벽한 선택이었어. 맥도날드야말로 우리에게 가장 특별하고도 상징적인 장소였으니까. 거기서 네가 나에게 월식을 가르쳐 주고, 우주의 신비를 가르쳐 주었으니까. 우리의 첫 식사로 미처 맥도날드를 생각하지 못한 나를 반성할 정도였어.

그렇게 우리는 오랜만에 함께 나란히 앉아 버거를 먹었어. 너랑 나란히 앉은 건 너무 오랜만이라 자꾸만 얼굴이 붉어졌지. 그날 처음으로 세상이 반짝반짝 빛나는 걸 보았어. 햄버거가 그려진 메뉴판도, 콜라가 든 컵도, 창밖의 네온사인들도, 유리창 너머로 지나가는 사람들도, 너의 구불구불한 머리카락도, 너의 하얗고 보드라운 목선도, 그리고 단정하게 빛나는 두 눈도. 모두 멀미가 날 정도로 반짝 반짝거렸지. 이토록 반짝거리는 네가 사라질까 두려워서 나는 오래전 그때처럼 심장이 떨렸어. 내가 살아있는 동안은 영원히 반짝거릴 떨림이었지.

열다섯 번째 편지: 비밀

숨만 쉬어도 찬 공기가 기도에 쩍쩍 들러붙을 정도로 추위가 아주 매서워. 며칠 누그러져 방심했다가 갑자기 추워지면, 추위를 느끼는 몸의 감각이 더 쨍해지는 것 같아. 햇살은 작은 유리 알갱이처럼 따갑게 눈에 박히고, 바람은 사포처럼 폐를 긁고 지나가지. 숙취 때문에 머리가 아팠는데, 차라리 잘 됐지, 뭐. 정신이라도 금방 멀쩡해질 테니까.

어제는 재하가 와서 놀다 갔어. 재하가 정종은 마셔도 머리가 안 아프다고 해서 마셨는데, 역시 사기였어. 머리가 깨질 것 같아. 다음에는 재하가 무슨 헛소리를 해도 절대로 넘어가지 않겠다고 다짐하고 있어. 정말이야.

재하는 장난감 회사에서 일하고 있어. 재하 말로는 디자이너 겸 잡용직이래. 장난감 디자인도 하고, SNS 관리도 하고, 정수기 물도 갈고, 복사기도 고치고, 급하면 매장에 영업 파견도 나간대. 노동 착취는 아니야. 재하가 다니는 회사가 자기 아버지가 경영하는 회사거든. 일 배우는 건가 보지.

재하가 졸업하자마자 바로 일을 시작했을 때, 조금 놀랐어. 학교 다닐 때 재하는 실습실에서 가장 늦게까지 남아 있던 친구였거든. 아버지 회사에 취직할 생각이었다면 조금 덜 열심히 해도 됐을 텐데 말이야. 그래서 물어본 적이 있어.

"왜 그렇게 열심히 했어?"

그랬더니 재하가 그러더라. 언젠가 그림을 그만둬야 할 걸 알기 때문에 누구보다 열심히 했다고. 끝을 알았기에 더 치열하게 몰두했던 거야. 그때 알았어. 이 녀석이 정말로 그림을 사랑했다는 걸.

어젯밤 먼저 소파에서 잠들었다가 깼는데 재하가 보이지 않더라. 결국 재하를 찾긴 했는데, 재하가 어디에 있었는지 알아? 작업실. 거기서 그림을 그리고 있더라고.

"갑자기 그림이 당겨서."

재하의 변명이 나는 좋았어. 아무리 지금은 붓을 놓았어도, 그동안 그려 온 세월이 얼마인데. 재하 말로는 화구를 싹 버린 지도 오래됐다고 하더라. 그래도 여전히 그림이 그리웠겠지.

내가 "가끔 놀러 와서 그림이나 그리고 가라."고 했더니, 재하는 단호히 그럴 수 없다고 했어. 그림 때문에 받은 상처가 얼마나 큰데 또 붓을 잡느냐고. 대신 돈 많이 벌어서 빌딩을 세울 거라며, 기대하라던데? 이렇게 술에 취한 날 가끔 실수인 척 붓을 잡아보는 걸로 충분하다는 재하를 보니, 마음이 묘하더라.

재하는 늘 그런 식이었어. 마음과 행동이 어긋나지.

어느 봄날, 불현듯 재하의 비밀을 알게 된 적이 있어. 건널목에서 신호를 기다리다가. 재하가 내게 아디다스 슈퍼스타를 사달라고 했던 이야기는 이미 했지? 그런데 그날 재하가 자기 사이즈가 아니라, 여자 사이즈로 사다 달라고 했거든. 그래서 궁금했지. 재하가 다음에 사귀고 싶은 여자가 누구일지. 너무 많은 이름이 생각나서, 맞추는 걸 거의 포기하고 있었는데, 맞은편에 서 있는 어떤 여자를 본 거야. 아마도 내가 사준 슈퍼스타를 신은 듯해 보이는.

그리고 깨달았지. 재하와 친한 사람. 재하가 사귀지 않은 사람. 재하가 거리를 지키려 유지하려 노력했던 사람. 하지만 절대로 재하가 먼저 멀어지지 않을 사람. 아무리 좋아해도 재하가 고백하지 않을 사람. 모두 한 사람이었어.

예리였어. 횡단보도 건너편에서 예리가 새 아디다스 슈퍼스타를 신고 있었어.

퍼즐이 맞추어졌지. 어딘지 모르게 바람 같이, 가끔은 바람둥이같이 굴던 재하가 정말 좋아했던 사람은 예리였어. 그걸 깨닫고 나니 모든 게 설명되었어. 내가 예리와 다투었을 때 재하가 노상 예리를 편들었던 것도, 예리가 그 문제적 기말 과제를 전시하던 날 재하가 몸살이 나서 아팠던 것도, 재하가 사달라고 조른 아디다스 슈퍼스타가 여자 사이즈였던 것도, 다 이해가 됐어. 그 간단한 사실을 어떻게 그렇게 오랫동안이나 모를 수 있을까 싶을 정도로. 재하가 그동안 표현할 수 없었던 마음은 예리를 향한 것이었어.

나중에 둘이 술 먹으면서 재하가 예리 좋아하는 거 알고 있다고 하니까, 재하가 아주 깜짝 놀라는 거 있지. 내가 알고 있는 줄 몰랐나 봐. 재하 말로는 예리의 그림이 좋았대. 저 사람은 어쩌다 이렇게 그림을 잘 그리게 되었나 싶어 바라보다 예리의 상처를 보게 되었고, 그게 다래.

"예리는 누구보다 용감한 애야. 맞는 말만 하는걸. 예리가 틀린 말 하는 걸 본 적이 없어."

정작 예리를 사귀었던 건 나였는데, 예리를 더 많이 이해하고 있던 사람은 재하였어.

그렇게 좋아하면서 고백하지 않는 이유가 뭐냐고 재하에게 물었어. 나 때문일까 봐, 신경 쓰였거든.

재하 녀석 말이 자기가 고백하면, 예리와 친구로도 지내기 힘들어진대. 자기마저 멀어지면 예리가 너무 외롭다나. 예리에게 정말 필요한 건 친구로서의 재하이지, 남자로서의 재하가 아니라고.

태평한지 멍청한지 알 수 없는 재하의 말에 짜증이 확 오르더라고. 그렇게 배려가 몸에 배었다면, 내게는 안 미안했냐고 따졌어. 재하가 비웃더라고. 우리 우정은 연애를 넘어선 진짜 우정인 거 모르냐면서. 어차피 자기가 고백할 것도 아닌데, 자기가 뭘 미안해해야 하냐며 아주 당당하더라. 내 성격이 워낙 쪼잔해서 이런 일로 유난 떨까 봐 모르게 하고 싶었던 것뿐이라고.

몇 년이 지났지만, 재하는 여전히 예리에게 고백하지 않은 상태야. 재하가 하도 고집을 부리니까, 이제는 나도 재하를 그냥 지켜보고 있어. 그래도 가끔은 재하에게 고백하라고 부추기고 싶어져. 재하가 고백하는 것이 예리에게 정말 나쁘기만 할까? 관계가 달라지려면, 어느 정도의 마찰과 파열은 필수적일 수도 있잖아.

열여섯 번째 편지: 세레나데

어제는 오랫동안 그리던 작품을 완성했어. 마지막 붓질을 끝내고, 한 10분쯤은 진심으로 행복했어. 그림이 잘 나왔더라고. 행복은 오래가지 않았지. 그림의 세계에서 빠져나와 현실로 돌아갈 시간이 되었으니까.

혼자라는 건, 작은 소리가 아주 크게 들리는 일이야. 저 멀리 지나는 희미한 바람 소리까지 똑똑히 들리는 적막 속에 나 혼자.

바람 소리가 벽을 울려서 창문을 드르륵 열어 차가운 공기를 마셨어. 배가 고프더라고. 점심을 걸렀던 거였어. 누군가와 함께 있고 싶었지. 그런데 밥 먹자고 불러낼 사람이 없더라고. 휴대폰을 들고 한참이나 주소록을 보다가 내려놓았어.

혼자 식당에 가는 길에 언제까지 이렇게 지낼 수 있을까 하는 생각이 들더라고. 월세도 내야 하고, 공과금도 내야 하고, 물감도 사야 하고. 나는 작가가 되어야 할지 여전히 고민하면서도 제자리만 지키고 있고. 이런저런 생각의 끝에는 불안이 밀려오게 되어 있어. 그리고 그 불안의 끝에는 외로움이 있어.

이상하게 불안보다는 외로움이 좀 더 힘들어. 불안은 내가 노력하면 그래도 조금쯤은 틈새가 생기는데, 외로움은 얼마나 촘촘한지 도저히 뚫고 나갈 재간이 없어. 밤은 아직 많이 남았고, 내 마음은 자꾸만 약해지는 데다가, 혼자니까.

그러다 문득 네가 내게 예전에 내게 했던 말이 떠올랐어. 외로운 게 당연한 거니까 외로움과 너무 싸우지 말라는 너의 말. 그래도 가끔 너무 외로워지면 넌 사랑하는 존재들을 떠올린다고 했어. 이제는 멀어졌거나 다시는 만날 수 없더라도 그 사람을 떠올리며 마음으로 사랑을 보내준다고. 그렇게 잠시나마 연결하고 나면 마음은 다시 따뜻해지고 네 외로움도 사라진다고 했지.

네가 말한 대로 해보기로 했어. 눈을 감고, 마음을 따뜻함으로 가득 채우고, 너를 떠올렸지. 곧 내 마음은 노을이 아름답던 어느 저녁으로 흘러갔어.

그날은 아르바이트 면접이 있던 날이었어. 면접을 마치고 버스를 기다리고 있는데 휴대폰이 울리더라.

"나랑 피아노 연주회 갈래?"

네가 보낸 메시지였어. 혹시라도 잘못 보낸 걸까, 몇 번이나 다시 읽었어. 연주회를 같이 가자고 제안하는 건 그린 라이트가 틀림없었으니까.

당장 답하면 또 너무 쉬워 보일까 싶어 10분을 기다렸어. 피가 마르는 듯한 10분을 보내고 최대한 무심하게 답장했지.

"언제?"

월요일 새벽 3시에 연주회가 열린다고 해도 사실 아무 문제는 없었지만 그래도 쿨하게 보이고 싶었거든. 이건 명백한 기회였으니까.

그날 콘서트홀 앞에 도착하고 나서야 내가 쿨해 보이기는 글러 먹었다는 걸 알았어. 학교에서 열리는 작은 연주회라는 건 알았지만, 클래식 연주회에는 모두가 정장을 입고 가야 하는 줄 알았어. 인터넷 검색했을 땐 분명히 그렇게 나왔거든. 그런데 그 많은 사람 중에서 수트를 입은 사람은 나 하나더라고. 당황했지만 옷을 갈아입기는 너무 늦어서 최대한 태연히 네게로 걸어갈 수밖에 없었어. 조금이나마 쿨해 보이기를 바라며.

너는 언제나 최고였지만 하얀 원피스를 입은 그날의 너는 유달리 더 예뻤어. 너는 내 수트에 대해서 단 한 마디도 묻지 않고 그저 내가 멋져 보인다고만 말했어. 다행이었지.

지어진 지 얼마 되지 않았다는 콘서트홀에서는 희미한 나무 향기가 났어. 걸을 때마다 나무 바닥에 구두가 닿는 소리가 경쾌하게 울렸지. 콘서트홀이 크지 않아서 그런지, 무대가 정말 가깝게 느껴졌어. 무대 위에서 누가 동전을 떨어뜨리면 가장 뒷자리에 앉은 사람 귀에도 들릴 듯이.

등받이마다 붉은색 공단을 두른 호화로운 좌석에 너와 나란히 앉았지. 날 위해서 챙겨두었다며, 네가 콘서트 프로그램을 내밀었어. 그 순간, 너의 오른팔이 내 왼팔을 가볍게 스쳤어. 내 심장은 터질 듯 뛰었지. 좌석이 이렇게 붙어있을 줄 알았다면 청심환을 먹고 올 걸 그랬다고 생각할 만큼.

공연 시작을 알리는 소개 멘트가 나오고 무대가 어두워졌어. 연주자가 인사를 하고 피아노 의자에 앉을 때, 네가 살짝 내 쪽으로 몸을 기대더니 속삭였어.

"나 이사해."

그러면 그렇지. 이렇게 모든 게 순조로울 수가 없잖아.

그 짧은 시간 동안 내가 얼마나 많은 생각을 했는지 너는 모를 거야. 네가 이사한다는 그 말이, 마치 다른 은하로 떠나기로 했다는 말처럼 들렸거든. 실망을 감추고 애써 괜찮은 목소리로 물었어.

"어디로."

네가 대답했지.

"서대문구."

의심스러울 정도로 완벽한 대답이었어. 그동안 서대문구에 냈던 내 모든 주민세가 하나도 아깝지 않을 만큼. 네가 다른 은하로 이사 간다고 해도, 나는 너를 보러 갔겠지만, 우리가 같은 동네에 산다는 것은 완벽히 다른 이야기잖아. 우리가 같은 동네에 살게 된다니!

사랑스러운 연주였다는 것만 어렴풋이 떠오를 뿐, 공연 내용은 기억이 잘 안 나. 음악이 중요한 게 아니었으니까.

공연이 끝났고, 커튼이 내려갔다, 올라갔다, 다시 내려갔지. 난 무대로 힘찬 박수를 보냈어. 브라보! 브라보! 브라보, 마이 라이프!

그날의 연주회는 내 인생에서 결코 잊지 못할 공연이었어. 하지만 그날의 진짜 하이라이트는 그 이후였지. 공연이 끝나고, 콘서트홀을 빠져나오다가 네가 갑자기 멈추어 섰어. 발목을 접질렸다고 했어. 형이 떠나던 날에 다쳤던 네 왼쪽 발목을 말이야.

순간적으로 네가 크게 다친 줄 알았어. 네가 다시는 걷지 못할 정도로 크게 다쳤으면 어떡하나 싶을 정도로. 다 나 때문이라는 생각이 들었거든.

나랑 같이 있다가 또 네가 다친 거니까.

급한 마음에 너를 업으려고 했는데, 네가 많이 다친 건 아니라고 손사래 치더라고.

너는 괜찮다고 했지만, 병원에 데려가고 싶었어. 불안했으니까. 그런데 네가 고집을 부리는 거야. 병원도 가기 싫다, 택시도 타기 싫다. 그때야 기억이 나더라고. 예전에 목발을 짚고 다녔을 때도 너는 그렇게 고집쟁이였다는 게.

시간이 지나도 넌 하나도 안 변하고 고집만 부려댔지. 기가 막혀서 내가 웃으니 너도 웃더라. 내가 무슨 생각을 하는지는 하나도 모르면서, 네가 웃더라. 안도감이 밀물처럼 밀려왔고, 나는 또 예전처럼 너의 고집에 맞춰주기로 했어.

기숙사까지 걸어가겠다고 고집을 부리는 너를 택시에 태우는 대신, 나도 같이 걷겠다고 했어. 질색하며 밀쳐낼 줄 알았는데, 기대어 걸으라며 내가 내민 팔에 네가 팔짱을 끼더라고. 영화배우처럼. 내가 멋진 수트를 입고 있다는 게, 다행스럽게 생각되었어. 우리는 팔짱을 낀 채 함께 걸었어.

그 길이 얼마나 아름다웠는지 몰라. 하늘은 서서히 더 짙은 남빛으로 물들어 가고, 하얀 달빛 틈새로 여름의 별자리들이 반짝거리고 있었지. 선선하고 시원한 밤공기가 옷자락 사이를 파고들 때마다 나뭇잎들이 몸을 뒤척이는 작은 소리가 들렸어. 콘서트홀에서 기숙사로 올라가는 그 언덕길을 걷는 동안 흰 원피스를 입은 너는 내내 내 팔짱을 끼고 있었지.

그 길을 걸으며 네가 내게 속삭였던 이야기들은 하나같이 재미있어서 나는 연신 웃었어. 날 바라보는 네 눈에는 별빛이 내려앉아 있었고, 그런 너에게 취해서 나는 조금 어지러워졌지. 그때였어. 아직 집을 찾아가지 않은 새 한 마리가 고운 노랫소리를 내며 여름의 하늘로 날아올랐어. 그 새와 함께 내 마음 역시 두둥실 떠올랐어. 사랑은 초여름의 짙은 남빛 하늘을 가르며, 위로, 위로 날아올랐어.

열일곱 번째 편지: 너라는 세계

너를 사랑하게 된다는 건, 너라는 한 세계를 만나는 일이었어. 그동안 네가 가꾸어 온 너만의 고유한 세계가, 백사장으로 밀려오는 파도처럼 내 삶으로 넓게 물결치며 밀려오는 일이었어.

네가 우리 동네로 이사를 오고, 내 삶은 아주 달라졌어. 아니, 넓어지고 새로워졌어. 하루하루가 새로워서, 아침에 눈을 뜨면 또 어떤 일이 일어날지 기대하게 될 정도였지. 너에 대해서는 무엇이든 알고 싶었어. 네가 자주 만나는 사람, 네가 좋아하는 작가, 네가 좋아하는 음식, 네가 자주 듣는 음악, 네가 자주 걷는 거리, 네가 관심이 있는 사회 이슈, 네가 옳다고 믿는 것들, 네가 지키고 싶은 것. 너에 관한 것이라면 아주 작은 것이라도 더 알고 싶었어. 더 많이 알고 싶었고, 이해하고 싶었고, 그래서 지지해 주고 싶었어. 더 정확하게. 더 분별 있게.

그렇게 너를 알아갈 때마다 나도 조금씩 변해갔어. 지금에서야 말할 수 있지만, 쉬운 일은 아니었지. 너라는 낯선 세계를 내 삶에 더하기 위해서는 내가 살아오던 삶의 방식을 바꿔야 하기도 했으니까. 처음 너와 함께 집회에 참여했던 날도 그랬어. 집회에 대해서는 신문 기사로나 봤지, 내가 실제로 집회에 가게 될 줄은 몰랐거든. 그래서 네가 그 더운 여름에 성적 소수자 차별을 반대하는 집회에 간다고 했을 때, 나는 조금 당황했어. 우리가 평상시 소수자를 차별하는 것도 아닌데 굳이 집회까지 가야 하나 싶었지. 너는 따라오지 않아도 된다고 했지만 나는 너를 따라나섰어. 궁금했거든. 왜 네가 그곳에 가고 싶어 하는지.

생각보다 유쾌하고 즐거운 집회였어. 처음이었어. 그렇게 다양한 사람들을 만난 것도. 그렇게 다양한 성적인 담론을 들은 것도. 그리고 좀 반성했어. 세상에는 그렇게 다양한 종류의 성적 지향성이 있다는 것조차 몰랐으니까. 그동안 아무 의심 없이 받아들였던 것들이 실은 내가 이성애자 남성이었기에 가능했던 것이라는 걸 알았어. 내 비겁함을 느끼기도 했어. 마음속 한구석에는 내가 성적 소수자가 아닌 것에 대한 안도 같은 것이 늘 존재했다는 걸 발견했거든.

햇살이 네 어깨 위로 분수처럼 쏟아지던 날, 함께 보사노바를 들었던 날도 잊을 수 없어. 잔잔하고도 리드미컬한 기타 연주를 듣다가, 네가 예전에 브라질로 배낭여행을 다녀왔다고 내게 말했지. 좀 놀랐었어. 내게 브라질은 남극처럼 멀게 느껴지는 곳이었거든. 그런데 너는 마치 옆 동네를 다녀왔다는 듯, 가볍게 말하는 거야. 브라질에 갔던 적이 있다고. 네 이야기 속의 브라질은 너무 생생해서, 이글거리는 태양이 황금빛을 뿌리며 물 아래로 가라앉는 이파네마 해변과 이 세상의 모든 물이 모여 떨어지는 듯 거대한 이구아수 폭포에 너와 함께 나도 다녀온 듯했어.

그날 밤, 세수하면서 세면대에서 물이 내려가는 방향을 관찰했어. 네가 남반구에서는 세면대에서 물이 시계 방향으로 빠진다고 말했던 게 기억났거든. 네 말이 맞더라고. 북반구에서는 세면대의 물이 반시계 방향으로 흐르고 있었어. 그동안 세수를 한 적은 수없이 많았지만, 단 한 번도 발견하지 못했던 사실이었어. 내가 지구의 북반구에 살고 있다는 걸, 너를 통해 처음으로 발견한 날이었어. 나라는 사람의 지도에 그날 처음으로 지구의 다른 반쪽이 더해졌어.

너랑 자두를 나누어 먹었던 날도 기억나. 그날 저녁은 좀 더웠어. 집에 자두가 많아 자두를 준다는 핑계로 너를 한 번 더 보려고, 너를 만나러 갔지. 너는 자두처럼 붉은 블라우스를 입고 있었어. 너의 흰 피부와 구불거리는 너의 검은 머리카락이 그 자두 빛 블라우스와 너무 잘 어울려서 나는 좀 떨렸어. 날 그냥 돌려보낼 줄 알았는데, 네가 들어와서 자두를 같이 먹자고 하더라고. 너희 집은 여러 번 가보았지만, 밤에 둘만 있어 본 건 그날이 또 처음이라 나는 또 설렜어.

우리는 벽에 나란히 기대앉아서, 자두를 나누어 먹었어. 탐스럽게 붉고, 입안 가득 침이 고이도록 달콤한 자두였어. 네가 자두를 베어먹을 때마다, 진하고 달콤한 자두 향이 습한 공기를 타고 공기 중으로 퍼져 나갔어. 그 덥고 달콤한 여름 공기에 공연히 목이 타들어 가서, 난 물을 가져오겠다고 일어섰어.

물잔을 들고 다시 돌아온 내게 네가 물었어. 자두 케이크를 먹어본 적이 있는지. 먹어본 적이 없었지. 자두 케이크란 말을 들은 게 그때가 처음이었는걸. 먹어본 적이 없다는 내 말에 너는 말했지.

어릴 때, 아버지와 같이 자두 케이크를 만들어 본 적이 있는데, 맛은 그저 그랬다고.

나는 아버지에 대한 기억이 전혀 없거든. 그래서 부러웠어. 딸과 같이 케이크를 만드는 아버지는 정말 흔치 않으니까. 부럽게 듣는데, 네가 또 말했지. 네가 고등학생 때 우리 동네로 이사를 오게 되었던 건 아버지가 가족을 떠나버렸기 때문이라고. 아버지가 출장을 갔다가, 우연히 예전 애인을 만났고 다시는 집으로 돌아오지 않았다고. 놀라서 너를 바라보았는데, 너는 아주 담담했어. 다른 사람의 이야기를 하는 것처럼 말이야. 그러면서 덧붙였어. 부모의 이혼으로 힘이 들던 때에 옆에 있어 준 사람이 선재였다고. 선재가 있어서 그 시절을 버틸 수 있었다고 말이야.

사랑이란 감정은 이상해. 사랑하면 내가 자꾸 넓어져. 그전까지는 한 번도 형이 너에게 어떤 의미였을지 곰곰이 생각해 본 적이 없었어. 내 마음은 언제나 내 문제로 가득 차 있었으니까. 너에게 형이 어떤 의미였을지, 형을 잃는다는 것이 너에게 어떤 일이었을지, 나는 궁금해하지 않았어. 하지만 그날 나는 깨달았지. 누군가를 사랑한다는 것은 그 사람이 걸어왔던 길 위에 있는 모든 투쟁과 모험, 실패와 상처를 다 포괄하는 일이라는 것을. 원래의 나였다면 받아들이기 힘들었겠지만, 사랑으로 넓어진 나는 그 사실을 순순히 인정할 수 있었어.

그리고 너에게 감사했지. 사랑하는 사람을 잃고도, 누군가에게 여전히 다정할 수 있다는 건 어려운 일이었으니까. 포기하지 않고, 네 몫의 인생을 씩씩하게 살아가 준 것도 고마웠어. 지구 반대편까지 간 것도, 다시 이곳으로 돌아와 준 것도 고마웠어. 옳다고 믿는 것을 위해 시위도 하고, 투쟁도 하는 사람이 되어준 것도 고마웠어. 남들에게는 어쩌면 별거 아닌 하루하루가 너에게는 얼마나 어려운 일이었을지 나는 알고 있었으니까.

너를 사랑하게 된다는 건, 나를 통해 네가 바뀌기를 소망하게 되었다는 뜻이기도 해. 네가 내 안의 층위를 켜켜이 세워 올려서 나를 더 풍부한 사람이 되게 했듯이, 나도 네 삶 깊은 곳까지 스며들어서 너의 한 부분이 되기를 바랐거든. 그래서 자꾸 너에게 말했던 것 같아. 너는 정말 아름답다고.

그 말을 처음 너에게 했을 때, 너는 꽤나 당황해했어. 너처럼 침착한 사람이 말을 다 더듬을 정도였으니까. 좀 놀랐어. 너라면 아름답다는 말에 익숙할 거로 생각했거든. 하지만 너는 외모 이야기는 서로 주고받지 않는 게 예의라고 선을 그었지. 좀 서운했어. 그건 외모에 대한 말이 아니라, 존재에 대한 말이었으니까. 나는 덧붙였어. 아름답다는 말은 화가로서 했던 말이라고. 네가 당황하는 동안, 나는 네게 다시 한번 말했어. 너는 아름답다고.

네가 아무런 의심 없이 받아들일 때까지 계속 말해주고 싶었어. 너는 아름다운 사람이라고. 이제껏 내가 알아 왔던 모든 사람 중에서 네가 가장 아름답다고. 아니, 앞으로도 내 눈에는 너보다 아름다운 사람은 없을 거라고. 보면 볼수록, 알면 알수록, 나는 너의 아름다움에 점점 더 깊게 빠져가고 있다고. 너의 아름다움이 나를 변화시키고 있다고. 그러니까 지금은 웃어넘기더라도, 언젠가는 기억하기를 바랐어. 네가 아름답다는 것을. 너라는 세계는 아름다움으로 가득 차 있고, 그 세계는 신비로 가득 차 있다는 것을.

열여덟 번째 편지: 넘어져도 괜찮아

　사랑은 눈에서부터 시작된다는 말이 있지. 그 말이 맞다는 걸, 어느 비 오던 여름날 배웠지. 카페에서 책을 읽는데, 평소랑 다르게 네가 자꾸 책에서 눈을 떼더라고. 비가 많이 오나 싶어 나도 창밖을 봤지만 평범한 비였어. 그렇게 유난스럽게 볼 비는 아니었지. 이상해서 너를 보았는데, 네가 황급히 시선을 돌렸어. 잠시 뒤, 고개를 들었더니 이번에는 네가 커피를 급하게 마시고 있더라고. 김이 나는 뜨거운 커피를. 벌컥벌컥.

　처음에는 내가 잘 못 본 줄 알았어. 하지만 모를 수가 없었지. 네가 나를 바라보고 있는 거더라고. 고양이가 흔들리는 버들강아지를 몰래 지켜보듯, 네가 나를 몰래 지켜보는 거더라고. 너는 내게 안 들킨 줄 알고 있었지만, 나는 다 알고도 모른 척한 거야. 네가 나를 봐주는 게 좋았거든.

　아무리 그래도 네가 나를 멀리하려 할 때는 좀 황당하기도 했어. 아무렇지도 않게 나를 대하던 네가 갑자기 어색하게 굴었으니까. 집회 끝나고는 몇 시간 내내 옆에 붙어 앉아 신나게 술도 마셔대던 사람이 마치 그런 일 따위는 없었다는 듯 냉랭하게. (그날 웃긴 이야기를 들을 때마다 네가 내 어깨에 기대서 웃었잖아. 네게 실수할까 무서워서, 나는 그날 술 한 모금을 못 마신 것도 모르고.)

　연락을 잘 받지 않더니, 나중에는 바쁘다며 약속을 미루기까지 했어. 겨우 만나서는 다른 일이 있다며 바로 가버리기까지 했지. 뭐든지 네 마음대로. 어차피 우리 사이는 불공평한 편이었으니까 나는 받아들였어.

불안하지는 않았냐고? 전혀. 좋아하는 감정은 말하지 않아도 전해졌거든. 네가 아무리 숨기려 해도.

나와 함께 있을 때, 너는 자주 웃었어. 평상시보다 훨씬 자주 웃었지. 웃고 난 후, 방심한 걸 들킨 것 같은 표정을 지으면서 말이야. 함께 전시회를 갔을 때도 내 불안한 미래에 대해서는 한마디도 안 했지. 다만 사람은 모두 자신만의 시간이 필요하다고 했어. 사람마다 필요한 시간은 다 다르다고. 내 그림 앞에 설 때면 너는 눈을 얇게 뜨고 한참동안 그림을 바라보다, 마지막에는 황홀한 한숨을 내쉬었지. 마치 네가 고흐의 '별이 빛나는 밤에' 앞에 선 것처럼.

이상하게도 너와 함께 있으면, 이미 지나가 버린 줄 알았던 과거가 여전히 끝나지 않은 이야기로 드러나곤 해. 마침표인 줄 알았는데, 모퉁이가 살짝 희미하게 찍힌 쉼표였음을 발견하는 것처럼. 그때의 결말은 결코 끝이 아니었고, 다음 이야기를 시작하기 위한 도약대였을 뿐이란 것을.

내 팔에 있는 흉터가 언제 생겼는지 내게 물은 적 있잖아. 번개 모양의 그 흉터는 초등학교 때 운동회 날 생긴 거였어. 계주는 그날 운동회의 하이라이트, 가장 마지막 종목이었어. 나는 우리 반 마지막 주자였어. 상대 팀이 조금 앞서 있었지만, 그 정도인 차이라면 따라잡을 자신이 있었지. 난 정말 발이 빨랐거든. 아이들이 나를 응원하는 소리가 들렸고 나는 심장이 터지도록 달렸어. 그리고 결국 내 앞에 있던 주자를 제쳤지. 그 순간 얼마나 기분이 좋았는지 몰라. 둥둥 떠 있는 것 같았어. 너무 흥분해서였을까. 결승선을 앞에 두고 발을 헛디뎌서, 콰당! 넘어졌지. 넘어지는데, 화가 치밀더라고. 아주 조금만 더 가면 결승선이었는데. 바보같이, 내가 다 망쳐버린 거지.

그날 계주는 졌고, 넘어질 때 팔에 생겼던 상처가 흉터가 되었어. 그다음부터는 달리기는 쳐다보기도 싫어질 정도로, 그날 넘어진 충격이 컸어. 그러니까 그 흉터는 내 흑역사를 보여주는 증거였어. 네가 내 바보 같은 흉터 이야기를 듣고 중얼거리기 전까지는 말이야.

"전혀 바보 같지 않아. 아, 내가 다 안타깝다! 내가 그때 위로해 줘야 했는데."

그 순간 다시 그 운동장 위에 선 것처럼 가슴이 두근거렸어. 결승선을 향해서 뛰던 그때처럼 심장이 쿵쿵거렸어. 어렸을 때는 결승선에 닿지 못했지만, 이번에는 반드시 끝까지 해보고 싶다고 생각했어. 그러다 다시 넘어지게 되더라도, 이번만큼은 스스로를 루저라고 부르지 말자고 다짐했지.

그 다짐 때문이었을까. 네가 나와 눈을 맞추며 웃어주었을 때, 나는 하마터면 너에게 고백할 뻔했어. 사랑한다고.

모네가 수련을 사랑하듯, 고흐가 해바라기를 사랑하듯, 클림트가 금빛을 사랑하듯, 나는 너를 사랑한다고. 내게 너는 사랑이라고.

열아홉 번째 편지: 선택

그때의 나는 온전하게 행복했어. 돈도 별로 없고, 미래도 확실치 않았으며, 모든 게 그저 그랬지만, 나는 정말 행복했어. 그래서 배울 수 있었지. 행복은 행복해지고자 하는 사람에게 달렸다는 거.

물론 행복하기 위해서는 어느 정도의 조건도 필요한 게 맞아. 자신의 처지가 너무 마음에 안 들거나, 건강을 잃은 사람은 일반적으로는 행복하지 않으니까. 그런데 그렇다고 돈 많고 유명하며 건강한 사람들이 모두 행복한 건 아니잖아. 조건이 갖춰질수록 행복할 가능성이야 더 높아지겠지만, 반드시 행복해지는 조건이란 없어.

그 시절 나는 이미 행복한 사람이었기 때문에 이 세상 모든 것이 나를 더 행복하게 만들었어. 매일매일 더 짙어가는 플라타너스의 초록색도, 그 플라타너스 가지 아래로 흘러가는 자동차 불빛의 물결도, 아침부터 저녁까지 대차게 울어대는 매미들도, 그 매미 소리보다 더 힘차게 유리창을 두드리며 쏟아지는 소나기도, 소나기 후에 드러나는 말간 여름 하늘도 나를 행복하게 만들었어.

그래서였는지, 그 시절 내겐 하고 싶은 게 많아졌어. 너를 보면 자꾸만 네가 만지고 싶어졌어. 네 손을 잡고 싶었고, 네 매끄러운 팔을 쓰다듬고 싶었고, 너의 어깨를 내 팔로 감싸고 싶었어. 네 머리칼을 쓰다듬고 싶었고, 너의 입술에 입 맞추고 싶었고, 숨 막힐 정도로 꼭 끌어안고 싶었어. 그렇게 너를 끌어안은 채 밤을 보내고 싶었고, 너와 밤을 보낸 다음 날까지도 함께 있고 싶었어. 아니, 계속 함께하고 싶었어. 나의 오늘과 나의 내일과 그리고 내 앞에 펼쳐질 내 모든 미래까지.

그때의 내가 미처 깨닫지 못했던 게 있었어. 행복은 행복해지고자 하는 사람에게 달렸으니, 오래 행복할 수 있는 사람은 오직 스스로 행복을 선택하는 사람뿐이라는 것.

오래된 메밀국수 집에서 만나기로 한 그날, 나는 기분이 좋았어. 그날 네게 고백하려고 생각하고 있었거든. 우리 사이에 굳이 고백할 필요가 있을까 싶었지만 그래도 확실히 해두고 싶었어. 표현하고 싶었어. 네가 나에게 얼마나 특별한 존재인지. 너를 만나 내가 얼마나 행복한지. 내 인생은 얼마나 축복받았는지.

그런데 내가 자리에 앉기가 무섭게, 네가 말했지.

"나 유학 갈 거야. 박사 유학이라, 짧아도 5년은 생각해야 할 거야."

잠시 잊고 있었어. 너는 언제든 떠날 수 있는 사람이라는 걸.

준비했던 모든 말들은 머릿속에서 다 지워졌어.

너는 아무렇지도 않게 말을 이어 나갔지.

"우리 괜히 복잡해지지 말자. 요새 장학금 시험을 치러 다니고 있어. 잘하면, 내년 여름쯤에는 떠나겠지."

그래. 맞아. 이게 너였지. 예전에도 넌 이렇게 갑자기 사라졌었지. 아무런 예고도 없이, 갑자기. 나 따위는 상관없이.

겨우 식사를 마치고 가게를 나오자, 장대비가 내리고 있었어. 우산을 함께 쓰려고 너에게 기울이자, 네가 말했지. 이제는 각자 우산을 쓰자고.

실망감 때문인지 순간 내 안의 어떤 끈 같은 것이 끊어졌어.

"그때랑 똑같아. 그때도 그렇게 사라져 버렸지. 왜였어? 아직도 말 안 했잖아. 왜였어?"

그때까지 한 번도 네게 묻지 않았어. 예전에 왜 아무런 말도 없이 사라졌는지. 네가 말해주지 않는 이유가 있다고 생각했으니까. 하지만 날 또 한 번 떠나도 좋다는 뜻은 아니었어.

너는 대답하는 대신 이렇게 말했어.

"나는 네가 좋은 날씨 같은 사람을 만났으면 좋겠어. 그러면 굳이 둘이 함께 이렇게 비 오는 날을 겪지 않아도 되잖아. 그러면 아무도 젖지 않아도 되잖아. 그게 좋아."

네가 다 결정하고, 너 혼자 통보했지. 예전과 달라진 건 없었어. 넌 떠나고, 난 남겠지.

너에게 내 우산을 건네주고 장대비 속을 달렸어. 울 것 같았거든. 아니, 울 것 같다고 생각했는데, 이미 울고 있었어.

비에 젖은 채, 한동안 식탁 의자에 앉아 웅크리고만 있었어. 내가 그동안 느꼈던 너의 사랑은 다 착각이었나, 나에게 묻고 또 물으면서. 다시 열일곱 소년으로 돌아간 듯 눈물은 멈추지 않았고 서운함도 그치지 않았지.

새벽녘이 되어서야 의문이 밀려오더라고. 어쩌다 나란 사람은 이렇게 쉽게 초라해지고 찌질해지나. 처절하고 비참해지기는 또 왜 이렇게 쉽나. 단지 몇 시간 전까지만 해도 행복했던 나였는데 말이야. 네가 나를 싫다고 한 것도 아닌데, 나는 거부당한 사람처럼 굴고 있었어. 단지 네가 나와 다른 미래를 꿈꾼다는 이유만으로.

그렇게 내 자신을 돌아보면서, 어쩔 수 없이 인정했어. 행복은 행복한 사람의 몫이고, 사랑은 사랑하는 사람의 선택이라는 걸.

네가 유학이 아니라 다른 행성에 간다고 해도, 내 사랑은 달라질 게 없었어. 어차피 난 너를 계속 사랑할 수밖에 없었으니까. 그러니 내가 할 수 있는 건 받아들이는 것뿐이었어. 네가 유학을 가는 게 행복하다면, 나도 너를 위해 행복하기로 했어. 너의 미래에 내가 없다고 해도, 그 역시 나의 행복으로 받아들이기로 한 거야. 나는 사랑을 선택했어.

스무 번째 편지: 아버지

저번에 내가 내 아버지에 대한 기억이 전혀 없다고 했잖아. 아주 엄격하게 말하자면, 사실이 아니야. 형 장례식 때, 아버지를 만난 적이 있거든. 장례 마지막 날 저녁이었어. 아버지가 엄마와 이혼한 게 형이 일곱 살 때였으니까, 거의 십일 년 만에 다시 만난 거지. 막내 이모가 아버지를 좀 챙겨 달라고 나한테 부탁하더라고.

내게 아버지란 존재는 사진 속에 있는 사람일 뿐이었어. 내가 두 살 때인가 찍었다는 가족사진 속에 있는 어떤 남자. 그래서 아버지가 내 앞에 나타나도, 못 알아볼지도 모른다고 생각했어. 시간이 흘렀고, 아버지도 사진과는 좀 달라졌을 테니까. 그런데 유전자는 참 신기해. 한 번에 알아볼 수가 있더라고.

형과 거짓말처럼 닮은 사람이 장례식장에 들어왔을 때, 나는 그 사람이 내 아버지라는 걸 자연스럽게 알았어. 형이 나이를 먹으면 저런 얼굴이 되었겠구나 싶게 아버지는 형과 닮은 얼굴이었거든.

아버지는 형의 장례를 치르고도 일주일 정도를 더 머물다 미국으로 돌아갔어. 떠나기 사흘 전쯤인가, 아버지가 선물을 준다고 집에 왔어. 내가 틈나는 대로 그림을 그려대니까 그게 마음에 쓰였는지, 화구를 들고 왔더라고. 비싼 일제 물감을 한 아름 내게 안기면서 아버지가 말했어. 자기도 대학 때는 미술을 전공했다고. 여전히 그림을 그리느냐고 물었을 때, 아버지는 고개를 가로저었어. 이제는 가족과 함께 작은 모텔을 운영하고 있다고.

아버지는 지갑을 열어 작은 여자아이 사진을 보여주었어. 앞니가 하나 빠져 있는 귀여운 아이였어. 아버지는 내게 이번 방학이나 다음 방학에, 미국에 놀러 오고 싶으면 와도 된다고 했지.

형이 그 말을 들었으면 얼마나 좋아했을까 싶었어. 형은 아버지를 그리워했으니까. 내게 말은 안 했지만, 내심 아버지를 기다렸다는 걸 알고 있었거든.

"저는 괜찮아요. 형이라면 기뻐했겠네요."

나는 아버지의 초대를 거절했어. 아버지가 초대해야 했을 아들은 내가 아니라 형이었으니까. 남은 아들인 나는 아버지가 없는 게 더 익숙했으니, 굳이 미국까지 갈 이유가 없었어. 초대는 너무 늦었고, 아버지를 기다리던 그 아들은 이미 세상에 없었어. (어른 사이의 일들이 얼마나 복잡한 건지는 모르겠지만 누군가에게 그렇게 깊은 상처를 남기게 되는 건 가슴 아픈 일이야.)

내 말이 아버지에게는 충격이었나 봐. 침착했던 아버지가 갑자기 몇 번이나 형의 이름을 중얼거렸어. 마치 작은 아이를 부르듯 작고 부드럽게. 아버지의 마음속에서 형은 늘 일곱 살이었을 테니까.

자라는 걸 본 적 없는 죽은 아들의 이름을 부르다 아버지가 울었어. 깊은 회한이 담긴 울음이었어. 그 울음이 슬프고, 또 깊어서, 아버지를 원망하고 싶었는데, 원망할 수가 없더라. 인생이라는 게 뜻대로만 흘러가는 건 아니니까. 다시는 그 아이를 볼 수 없게 될 거라고는 그때의 젊은 아버지도 몰랐을 거야. 나는 아들을 잃고 휘청거리는 아버지의 어깨를 토닥였어. 어쨌든 나도 그의 아들이었으니까.

그 여름, 너는 적절한 거리를 두자고 내게 말했어. 복잡해지고 싶지 않다고. 이리저리 바뀌는 마음의 불장난으로 책임지지 못할 일을 벌이고, 누군가를 상처 입히고 싶지는 않다고. 그런 네 말이 낯설지가 않았어. 예전처럼 들어온 이야기처럼 익숙했지.

내가 자라온 가정환경 자체가 바로 그런 곳이었으니까. 감정은 지치는 것이고, 감당하기 힘들고, 또 무서운 것이기 때문에 전속력으로 도망가야 한다고 배웠던 것 같아. 인생 피곤하게 만들지 말자고.

생각해 보면, 이혼 이후 엄마도 힘들었던 것 같아. 늘 지쳐있었거든. 가뜩이나 지쳐있는 엄마가 나란 존재를 짐으로 느끼게 될까 봐, 나도 불안했어. 엄마가 어느 날 사라질지도 모른다고 생각했거든. 내 불안을 엄마에게 말할 수는 없었어. 그 말을 들은 엄마가 정말로 사라질까 봐. 내가 엄마를 위해 할 수 있는 일은 나의 필요를 최소한으로 줄이는 일 정도였어. 엄마에게 조금 덜 짐이 될 수 있게, 아주 아주 가벼운 사람이 되는 것이 내 목표였어. 그게 내가 어린 시절 배운 사랑이었지.

자라면서 그 생각이 좀 변했던 것 같아. 내 곁에 변함없이 머물러줄 거라고 믿었던 형이 떠나버렸을 때, 후회했거든. 형이 어떤 사람이었는지 나는 잘 몰랐더라고. 형이 어떤 것들을 좋아했는지, 또 어떤 것들을 싫어했는지 하나도 몰랐어.

그건 얼마쯤 형의 잘못이기도 해. 형은 너무 착한 사람이었으니까. 싫은 일이 생긴다고 짜증 부리는 사람도, 탐나는 것을 가져야 직성이 풀리는 사람도 아니었으니까. 그래서 형이 좀 원망스러웠어. 형이 조금 더 까다롭거나 힘들게 하는 사람이었으면, 형이 떠나고 내가 훨씬 좋았을 텐데. 형에 대해서 더 많이 기억할 수 있었을 텐데.

적당하게 도망치기만 하는 우리 집 가풍은 크게 잘못된 것이었어.

그 후회 때문이었나 봐. 너를 다시 만났을 때, 나는 너에게 조금 더 솔직하고, 그래서 조금 더 생생한 사람이 되고 싶었어. 마찬가지로 너도 나에게 더 솔직하고, 그래서, 더 가까운 사람이 되어주기를 원했지. 상처받을까 봐 뒷걸음치고 싶은 마음 따위는 전혀 없었어. 나중에 결국 상처가 되더라도 상관없었지. 흔적도 없이 떠나간 누군가를 뒤늦게 그리워해야 하는 건 더 애달픈 일이었으니까.

그래서 두려워하는 너에게 보여주고 싶었어. 사랑할 수 있다면 기꺼이 상처받고자 하는 마음도 있다는 걸. 있는 걸 없는 것으로 여긴다고, 마음이, 또 고통이 사라지는 게 아니라고. 삶에서 가져갈 수 있는 것은 아낌없이 사랑했던 기억뿐인데, 몸을 사릴 여유 따위는 없었지.

상처를 입힐까 봐 두려워하는 너에게 말해주고 싶었어. 하지만 나는 너를 사랑한다고. 다른 건 다 모르겠고, 이 사랑을 멈추는 게 내게는 가장 두려운 일이라고.

스물한 번째 편지: 나무백일홍

예전에 전시회에서 자코메티의 <걷는 사람>을 본 적이 있어. 그 앞에서 나는 눈물을 흘렸어. 전해졌거든. 그 조각을 만들던 자코메티의 마음이. 한 번 만나보지 못한 자코메티가 무슨 마음으로 미라처럼 앙상한 조각을 만들었는지 느껴지더라고. 자코메티는 알고 있었던 거야. 시간은 기어코 흐르고, 그렇게 흘러간 순간순간이 쌓인 적분값은 결국 소멸이라는 것을. 그러니까 존재는 넓은 자리가 필요가 없어. 많은 것을 욕망해도 결국 우리와 마지막까지 함께할 수 있는 것은 아주 조금일 뿐이니까. 철사처럼 앙상하게 응집된 모습이 살이 붙은 석고상보다 삶의 본질에는 훨씬 더 가깝다고 볼 수 있지. 그 나머지는 다 사족이야.

특히 감탄스러운 점은 자코메티가 그 앙상한 조각을 청동으로 만들었다는 거야. 당장에라도 소멸할 것처럼 앙상해 보이지만 청동은 금속이니까, 쉽게 사라지지 않아. 마치 영원까지 버텨낼 것처럼 단단하지. 그게 또 아이러니야. 오래 버틴다는 게 꼭 좋은 일은 아니니까. 오래 버틴다는 건 더 많은 죽음과 소멸의 증인이 된다는 뜻이기도 하잖아. 보통 사람은 상상도 할 수 없는 많은 사라짐을 저 청동 조각은 목격하게 되겠지. 삶 자체가 이미 형벌이 될지도 모를 만큼 그렇게 오랫동안.

그런데 여기에 자코메티의 위대함이 있어. 그 조각상은 울지 않고 앞을 보며 걷고 있거든. 고개 숙이거나, 뒤돌아보지 않고, 끝까지 앞을 응시하는 거야. 존재를 꿰뚫을 것 같은 눈빛으로. 그 어떤 소멸을 보게 될지라도 절대로 외면하지 않는 용감한 눈빛이었지. 그런 눈빛을 한 채 꼿꼿하고 규

칙적인 걸음으로 가볍게 걸어가는 거야.

한 걸음. 또 한 걸음.

그 걸음에는 고난으로 가득 찬 삶을 받아들이는 사람들 특유의 강인함이 있어. 그렇게 앞을 보며 걷고, 또 걷는 존재는 위대하니까. 속절없는 고통을 겪고도 여전히 앞을 보며 걸어가는 건, 자신의 운명을 마주할 용기가 있는 존재만이 할 수 있는 일이야.

거기에는 또 어떤 약속이 숨겨져 있어. 무한히 지속되는 듯 보여도 삶은 언젠가는 끝날 거라는 약속. 아무리 단단하다고 해도, 금속 역시 언젠가는 녹슬어 부서질 운명을 벗어날 수는 없을 테니까. (별들의 시선에서 본다면 조각상의 시간이나 인간의 시간이나 비슷해 보일지도 몰라. 둘 다 오직 찰나의 시간만을 견디는 거지.) 그렇게 각자에게 주어진 시간만큼 머물다 가는 거라고, <걷는 사람>이 내게 말하는 것 같았어. 그 태도가 너무 경건해서, 조각상 앞에 무릎을 꿇고 싶어질 정도였어.

그러고 보면, 형이 떠나고, 내가 만난 모든 사람은 다 자코메티의 <걷는 사람>을 닮아있었어. 많든 적든 말이야. 상처가 생길 때마다, 조금씩 더 야위어 가긴 했지만, 털고 일어나 다시 자신의 길을 걸어갔지.

그 수많은 걷는 사람들 중에 왜 널 좋아하게 됐는지 알아? 넌 속도를 맞춰 함께 걸을 줄 알았으니까. 자기 상처만으로 벅차 앞만 보고 걸어가는 사람들 틈에서, 넌 내게 눈을 맞춰주는 사람이었어. 느리다고 타박하지 않고, 뒤처진다고 불안해 않고, 조급해할 때는 농담도 해주며 나와 함께 걸어주었지. 우울이 사막의 태양처럼 내리쬘 때도, 네가 옆에 있으면 바람이 불어오고, 삶은 차가운 한 잔의 물을 건넸어. 너와 함께였으니까.

연락도 없이 너를 찾아갔던 날 기억나? 6년 전 갑자기 연락을 끊었던 이유에 대해 네가 말해주었던 날.

그날 내 기분은 엉망이었어. 부끄럽지만 그때도 엄마 때문이었어. 큰이모가 전화해서는 엄마의 우울증이 다시 심해졌다고, 휴학하고 내려오라고 하더라고. 자식은 나 하나고, 내가 엄마를 챙겨야 하는 게 맞는데, 참 지겹더라. 박제된 것 같은 그 집으로 돌아간다는 상상만으로도 숨이 막힐 정도로.

나는 이기적인 놈이거든. 엄마가 불쌍하고, 잘못될까 봐 걱정은 되는데, 딱 거기까지인 거야. 엄마를 몰아세우고 싶었던 건지도 몰라. 형이 죽고, 엄마가 오롯이 내 엄마 역할을 해 준 적이 있냐고. 형의 그림자만 쫓고 있는 걸 내가 모를 줄 아냐고. 엄마가 아프다고, 왜 내가 엄마를 보살펴야 하냐고. 엄마도 이제 혼자 설 때도 되지 않았냐고. 언제까지 엄마는 형을 핑계로 나를 손아귀에 쥐고 흔들 거냐고.

하고 싶은 말들은 목 끝까지 차올랐지만, 아무 말도 할 수가 없었어. 힘없는 엄마의 전화 목소리를 듣는 순간, 화를 낼 수 없다는 걸 깨달았어. 죄스러웠거든. 나는 충분히 이기적일 수조차 없었던 거야.

그저 부끄럽고, 또 무거웠어. 도망치고 싶었는데 그 마음을 인정할 수조차 없었지. 곧 정리하고 내려가겠다 대답하고 전화를 끊었어.

알 수 없는 자괴감에 잠도 들 수 없는 밤을 보낸 다음 날 아침, 무턱대고 너를 찾아갔어. 냉랭할 줄 알았는데, 넌 아무것도 묻지 않고 청소하는 걸 도와달라고 하더라고. 그토록 나를 밀어내기만 하던 네가 의외로 친절해서 내가 더 놀랄 지경이었어.

마치 오래전 그날로 돌아간 것처럼 너와 함께 하루를 보냈어. 오전 내내 청소하고, 점심으로는 국수를 만들어 먹고, 오후에는 선풍기 바람을 쐬며 텔레비전에서 나오는 재방송 프로그램들을 실컷 봤어. 늦은 오후에야 우렁차게 울어대는 매미 소리를 뚫고 시장으로 나섰지. 장을 보고, 아이스크림 두 개를 사서 우리는 놀이터 그네에 나란히 앉았어. 마치 예전처럼 말이야.

나도 모르게 마음이 편해졌었나 봐. 녹아내리는 아이스크림을 삼키다 너에게 말해버렸어.

엄마가 무겁다고. 내 주제에 엄마가 너무 버거워서 나는 도망가고 싶다고.

일 초. 이 초. 삼 초.

바로 후회가 밀려왔어. 네가 나에게 실망해도 당연하다고 생각했지. 나도 나 자신에게 실망했으니까. 너의 침묵이 내게 보이는 경멸이라 해도 받아들이기로 했어. 그래도 침묵보다는, 무슨 말을 해주었으면 했어. 나에게 화를 내고, 나무라더라도.

그때 네가 말했어.

"당연한 거야. 부담스러워도 괜찮아."

이유를 설명할 수는 없지만, 너의 그 말에 나는 화가 났어. 왜 너에게 화를 내는지 알지도 못한 채 화를 냈지. 그렇게 쉽게 말하지 말라고. 나쁜 건 나쁜 거라고 말해야 한다고. 아무것도 모르면서, 감싸고 돌지 말라고. 네가 나를 뭘 아냐고.

약간 곤란한 듯 내 이야기를 듣다, 네가 말했어.

"나도 그랬으니까. 그때 나도 똑같았어. 엄마 아플 때, 나는 수백 번 도망치고 싶었어."

그날 네가 말해주었지. 6년 전 네가 갑자기 사라졌던 이유를.

어머니가 몸이 피곤하다고 해서 검사를 받았는데, 암이었다고. 떠나버린 아버지는 연락이 안 되고, 엄마의 유일한 가족은 바로 너였지. 수술도 항암치료도 너무도 갑자기 닥친 일이라 누군가에게 연락할 생각도 못 하고 무작정 엄마와 서울로 떠났었다고. 그 말을 한 후 잠시 숨을 고르다, 너는 다시 내게 말했지.

그 시절, 너는 종종 두려움에 떨었는데, 어머니가 죽고 세상에 혼자 남겨지는 건 차라리 덜 두려웠던 것 같다고. 혼자 남겨지는 것보다 더 두려웠던 건 이렇게 인생이 끝나버리면 어떡하나 하는 자기 연민이었으니까. 그래서 너는 나를 이해한다고 했어. 부담스러운 게 당연하다고. 이기적이면 또 뭐가 어떠냐고.

부담스러운 게 당연하다는 네 말이 아래로, 아래로만 쳐지던 내 마음을 가뿐히 받아주었어. 너라는 존재의 무게를 온전히 실은 솔직한 한마디가 나를 버텨주었어. 그래서 용기가 생겼었나 봐. 너에게 그토록 오랫동안 묻고 싶던 질문을 해버렸어.

"그날, 형이 아닌 내가 떠나야 했던 게 아닐까?"

형이 떠나고 오래도록 나를 떠나지 않던 질문이었어. 그날 그렇게 떠났던 사람이 형이 아니라, 나였다면 모두에게 더 낫지 않았을까? 그랬다면 모두 조금 더 행복하지 않았을까. 엄마도. 너도. 형도. 어쩌면 나도.

너는 한동안 말이 없었어. 네 대답이 필요하지는 않았어. 잔인한 질문이었고, 네가 굳이 대답할 의무는 없으니까.

어색해진 분위기가 싫어 다른 이야기를 꺼내려는데 네가 나를 막아섰어.

"정말 그동안 그렇게 생각한 거야?"

너의 눈에는 눈물이 가득 고여있었지. 내 말이 칼이 되어 네 가슴을 찌르기나 한 것처럼 화를 내며 네가 말했어.

"넌 정말 바보구나! 너는 너고, 영원히 너야."

너의 말이 퍼즐 조각처럼 내 마음의 빈 곳에 꼭 맞물려 들어갔어. 그제야 내 진심이 보였어. 실은 네게 기대했던 게 있었나 봐. 차마 욕심낼 수는 없었지만, 무엇보다 간절한 말. 나로 살아도 괜찮다는 말. 나 그대로, 그냥 나대로. 누구를 대신하거나 무엇을 증명하지 않고 나 자신으로.

나는 너에게 우리 집 앞에 핀 배롱나무꽃을 보러 가자고 졸랐어. 집을 나설 때마다 붉게 핀 그 꽃들이 너무 아름다워서 깜짝 놀라곤 했거든. 그 아름다운 붉은 꽃들이 사라지기 전에 너에게 보여주고 싶었어. 갑자기 들

떠버린 내가 이상해 보였을 거야. 감정 기복이 심한 녀석이라고, 아마 생각했겠지. 그래도 상관없었어. 그렇게 아름다운 꽃을 볼 기회는 흔치 않으니까.

우리가 붉은 꽃들이 활짝 핀 그 나무 아래에 다다랐을 때, 너는 작은 비명을 질렀어. 네가 꽃을 바라보는 동안 나는 너를 바라보았어. 아직 눈가에 눈물 자국이 남아 있는 너의 눈을 보았어. 너무 아름다워서 나도 모르게 말하고 말았어.

"정말 아름다워."

너를 살짝 당겨 품에 안아 보았어. 꽃잎처럼 붉고 아름다운 너의 향기가 취기처럼 내게 밀려왔어. 그 순간이 너무 아름다워 심장이 멎을 것 같았어. 그래서 알았어. 심장이 아릴 정도로 명확하게 알았어.

지금이 너무 소중하다고. 우리가 함께하는 지금, 이 순간이 가장 아름답다고.

이렇게 아름다운 순간을 너와 함께 누릴 수 있다니, 나는 행복한 사람이었어. 삶에 대해 그 어떤 불평도 할 수 없을 정도로. 그날, 나는 알았지. 어떤 일이 있어도 난 후회하지 않을 거라는 걸. 어떤 하루는 수십 년보다 오래되고, 어떤 순간은 수 광년보다 더 기니까.

사랑한다고 말하는 대신 난 나무 이야기를 했어.

"배롱나무는 나무백일홍이라고도 부른대. 저렇게 예쁜 꽃이 백일이나 핀다니 운도 좋지!"

그 아름답던 백일홍도 가을 무렵 져버렸지. 너와 함께했던 그날들도 이제는 내게 지난날이 되었어. 하지만 그날의 아름다움은 여전히 내 마음속에 살아 숨 쉬고 있어. 그날을 떠올릴 때마다, 여전히 생각해. 나는 정말 운이 좋은 사람이라고.

스물두 번째 편지: 태풍

그림을 그리는 사람으로서 이 세계를 사랑한다고 말하지만 때로는 좀 거짓말인 것 같아. 사랑한다기에는 그저 스쳐 보내는 게 너무 많아. 보아도 별다른 의미가 없는 거지. 그래서 잊을 수 있는 거야. 그렇게 잊어도 아쉬움 따위는 없으니까.

캔버스 위에서는 달라. 캔버스 위에 놓인 모든 대상은 특별해. 가장 온전하게 봤다고 믿는 것만 재현되니까. 허투루 올라오는 것이 없지. 그게 아무리 돌멩이, 들꽃, 물방울처럼 사소한 것이더라도 말이야. 아무리 작은 존재라고 해도 자신만의 오롯함을 이해받는 순간, 예술이 되는 거니까. 같은 모양을 가진 돌멩이란 없고, 한 송이 꽃에도 영혼이 있으며, 작은 물방울에 숨겨진 어떤 마음은 영원히 마르지 않지.

다른 말로 옮기자면 화가들이 캔버스 위에 그리는 대상은 그냥 단순한 존재가 아니야. 어떤 끌림이 필요하지. 화가와 대상 간의 거의 필연적이라고 느껴질 만큼의 끌림 말이야. 정체성이라 불러도 될 정도로 그렇게 강렬한 연결. 난 그걸 필연성이라 불러.

나에게 있어 필연성의 교과서는 샤갈이야. 샤갈이 캔버스 위에 올려놓은 것만으로도 샤갈이 어떤 사람인지 알 것 같은 기분이 들 정도야.

<에펠탑의 신랑, 신부>라는 그림을 예로 들어볼게. 에펠탑을 배경으로 신랑 신부가 웃고 있는, 일종의 결혼사진 같은 작품이야. 그런데 엉뚱하게도 그림 속 신랑 신부는 웨딩카 대신 커다란 하얀 수탉을 타고 있어. 그뿐

이 아니야. 하늘에는 바이올린을 연주하는 염소가 천사와 함께 날아다녀. 논리적으로는 그 그림에 수탉과 염소가 나올 필요가 없잖아. 이상하지, 이상해.

하지만 그림을 바라보다 보면 알게 돼. 그림 속 수탉과 염소의 등장은 너무나 필연적이라는 것을. 샤갈과 부인 벨라는 둘 다 러시아계 유대인이야. 같은 동네에서 어린 시절을 보낸 두 사람이, 후에 머나먼 타국의 도시, 파리에서 결혼식을 올리게 돼. 그러니 그 두 사람이 맺어지기까지 얼마나 많은 우여곡절이 있었겠어. 대단한 운명의 힘이 아닐 수 없지. 그러니까 샤갈 그리는 결혼식은 평범한 결혼식이 아니야. 그건 신성한 운명이지. 그 신성한 결혼식을 나타내기 위해 수탉과 염소가 등장한 거야. 수탉과 염소는 샤갈과 벨라의 두 사람의 고향을 상징하는 동물들이거든.

그림 이야기가 좀 길었나? 그날 밤 이야기를 하려고 했는데, 어떻게 표현해야 할지 모르겠더라고. 어쨌든 시작해 볼게.

그날은 태풍이 부는 금요일이었어. 아침에 본 태풍 예보에서는 푸른색 옷을 입은 아나운서가 엄청난 태풍이 오고 있다고 했지. 몇 손가락 안에 꼽을 정도로 큰 태풍이 말이야. 한반도 전체가 태풍의 영향권에 들 것이고, 특히 저녁 무렵이 태풍의 절정일 거라며 아나운서는 거듭 당부했어. 오늘은 모든 것을 조심하라고.

엄마에게 전화를 걸어 태풍 이야기를 나누다 말해버렸어. 엄마의 기분이 나아지길 바라지만 내겐 엄마를 보살필 여력이 없다고. 모든 걸 던져두고 엄마를 챙겨야 한다는 생각은 내 강박이었던 것 같아. 내 말에도 엄마는 별 반응이 없더라고. 나중에 울었을지 모르겠지만 적어도 내 앞에서 엄마는 울지 않았어.

　오후가 되자, 도시 전체가 다 숨죽인 느낌이었어. 태풍의 전조만으로도 찢겨나간 가로수 가지들이 도로 바닥에서 뒹굴고, 기분 나쁜 검은 구름이 하늘을 뒤덮었지. 네가 걱정되었어. 보통 너는 저녁 늦게까지 연구실에 있으니까.

　연락을 해보니, 너는 이미 집이라고 했지. 그런데 뜻밖의 소식이 있었어. 네가 박사 과정 장학금을 받게 되었다고. 며칠 전에 발표가 났는데 이제야 전한다고. 이제는 정말 네가 외국으로 나가는 일만 남은 셈이었지. 태풍이 오던 날 전해 듣기에 알맞은 소식이었어.

　사람 마음은 알 수 없어. 그런 이야기를 들으면 마음이 요동칠 줄로만 알았거든. 그런데 잠잠하더라고. 오히려 축하해주고 싶었어. 나는 둘이서 파티를 열자고 했지. 태풍조차 잊을 만큼 멋진 파티를 열자고. 치킨을 사 가겠다고 말했어. 너는 조금 망설이다가 좋다고 대답했지.

　예전에 네가 한 말이 기억났거든. 네가 치킨을 먹지 않는 이유를 설명하면서 말했잖아. 아버지가 이혼하겠다고 네게 처음 말했던 날 둘이 함께 먹은 음식이 치킨이었다고. 요새는 아버지도 별로 밉지 않으니, 치킨도 다시 먹어볼까 생각 중이라고 덧붙이며. 그러니까 한 번쯤은 다시 시도해 볼 수도 있지 않을까 싶었던 거야. 태풍이 부는 김에.

　그날의 바람이 얼마나 거셌는지는 말로 다 표현할 수 없어. 거리로 나간 지 1분도 지나지 않아 우산살은 모두 부러져버렸어. 비바람이 어찌나 거센지, 바람이 아니라 파도를 헤치고 걷는 듯한 기분마저 들었어. 하지만 아무리 비가 쏟아지고, 바람이 불어도 마음은 환했지. 네게 기쁜 날이 었으니까.

쏟아지는 비를 지나, 포효하는 바람을 뚫고 걸었어. 비에 젖는 것보다는 품에 안은 따뜻한 치킨이 식을까 봐 더 걱정이었지. 태풍이 얼마나 심했는지 너의 집에 도착했을 때는 내가 딛는 걸음마다 떨어지는 빗방울들로 작은 물웅덩이가 생길 정도였어. 커다란 수건으로 온몸을 두르고 있으니까, 네가 낡은 티셔츠를 꺼내왔어. 우스꽝스러운 몰골이 되었지만, 너와 저녁을 먹는 데엔 무리가 없었지.

바람은 더 거세졌어. 창문은 신경질적으로 덜컹거리고, 낮은 바람 소리가 기분 나쁘게 웅웅거렸지. 네가 치킨을 싫어할까 봐 걱정했는데, 아니더라고. 정말로 시간이 흘러서인지, 너는 달라져 있었지.

저녁을 거의 다 먹어갈 때쯤 어딘가에 사고라도 났던 건지 길 앞 도로로 소방차들이 사이렌 소리를 내며 줄지어 지나갔어. 그 날카로운 소리에 너의 표정이 굳어졌어.

네가 말했어. 위험하니까, 바람이 잦아들면 그때 가라고.

우리는 컴퓨터로 영화를 보기로 했어. 네가 고른 영화는 기억을 잃은 연인들의 사랑 영화였어. 너는 벌써 세 번째 그 영화를 보는 거라고 했지. 우리는 나란히 벽에 기대앉아서 영화를 보았어. 너의 온기가 내게 번질 만큼 가까이였어. 너는 영화 보면서 맥주 마시는 걸 좋아한다며 맥주를 홀짝였지. 나도 웅웅거리는 바람 소리를 안주 삼아, 맥주를 마셨어.

언제나처럼 술은 나를 들뜨게 했고, 나는 곧 어지러워졌어. 두 주인공이

입 맞추는 장면에서 네가 맥주를 더 가지고 오겠다며 일어섰어. 술은 더 필요 없었어. 용기를 내는 데에는 맥주 한 잔이면 충분했으니까. 나는 일어서려는 너의 손을 잡았어. 그리고 물었어.

"형이 살아있었다면, 우리는 어떻게 되었을까. 그래도 너는 여길 떠났을까?"

너는 대답 대신 빗방울 같은 눈물을 흘렸어. 울리고 싶지는 않아서, 나는 서툰 농담을 했어.

"형이랑 계속 사귀었어도 둘은 예전에 이미 헤어졌을 거야. 성격이 하나도 안 맞아. 백 프로 장담해."

내 농담에 네가 웃었어.

"맞아. 우리는 헤어졌을 거야. 백 프로야."

너는 웃었지만, 너의 입꼬리는 떨리고 있었지. 무리할 필요 없다는 뜻으로 나는 네 머리를 쓰다듬었어. 네가 내게 기대서 조금 울었어. 너의 울음이 잦아들 때까지 나는 너의 머리를 쓰다듬었지. 네가 다시 고요해졌을 무렵, 작은 새 같은 너를 품에 안고 말했어.

"나는 누나 좋아해. 떠나고, 다시 안 돌아와도 괜찮아. 좋아해. 예전에도 그랬고, 지금도 그렇고, 앞으로도 그럴 거야."

네가 놀란 눈빛으로 나를 바라보았어. 있을 수 없는 일이 일어나고 말았다는 눈빛으로. 장난이었다는 말을 기다리는 사람처럼. 원래의 나였다면 당황해서 장난인 척 넘어갔을지도 몰라. 하지만 그날의 나는 달랐어.

샤갈의 그림처럼 그날의 모든 것이 필연적이었거든. 그날이어야 했고, 나는 네게 고백해야만 했어.

돌이킬 수도, 번복될 수도 없는 일이었어.

내가 내 속의 말들을 하기로 마음먹은 것도, 네가 장학금 시험에 붙은 것도, 태풍이 우리를 가두고 있는 것도, 오랜만에 치킨을 먹은 것도, 구급차가 지나간 것도, 사랑을 다룬 영화를 본 것도, 차가운 맥주 거품을 들이켰던 것도, 내가 네 손을 잡은 것도, 너에게 고백한 것도. 그날의 모든 것은 필연적이었어. 절대적인 순간이었지.

나는 너에게 입을 맞췄어. 데일 듯 뜨거운 너의 이마에, 너의 두 볼에, 너의 두 눈에, 그리고 너의 입술에. 우리의 입술이 잠시 떨어졌을 때, 휘슬같이 날카로운 바람 소리가 창문을 스쳤어. 너는 소름이 돋는 듯 가볍게 몸을 떨었지. 입술 모양으로 '괜찮아?'라고 말하자, 넌 대답하는 대신 떨리는 손가락을 올려 내 입술을 어루만졌어. 찬찬히, 다정하게. 마침내 네가 손가락을 떼었을 때, 내 입술은 다시 네 입술 위로 미끄러져 들어갔어.

천둥소리가 울렸지만 우린 멈추지 않았어. 그럴수록 깊게 깊게 서로를 원했으니까. 아무것도 그날의 우리를 방해할 수는 없었어.

너의 뜨거운 숨결 소리가 태풍 소리보다도 더 아릿하게 내 귓가를 울렸고, 나는 할 수 있는 모든 열정을 다해서 너에게 입 맞추었어. 그렇게 서로의 혀가 닿을 때마다, 내가 하고 싶었던 말이, 또 네가 하고 싶었던 말이 서로의 몸속으로 뜨겁게 녹아들어 갔지. 우리가 차마 말로는 할 수 없던 이야기들은 오직 입맞춤에 담겨서야 전해질 수 있었어.

그리고 시간이 멈추었어. 그 멈춰진 세상에는 밤도, 낮도, 바람 소리도, 빗소리도, 사이렌 소리도 없었어. 다만 너와 내가 있었지. 우리는 연인이었어.

스물세 번째 편지: 빛과 어둠

　내가 가장 처음 익힌 미술 테크닉이 뭔지 알아? 명암 표현이야. 초등학교 때쯤인가, 나무 그리기에 미쳐 지냈던 적이 있었거든. 정확하게 말하면 햇살에 나부끼는 나뭇잎들을 그리는 일이었는데, 너무 재미있어서 도대체 몇 장이나 그려댔는지 기억도 다 안 날 정도였지.

　그런데 어느 날부터인가 내 그림의 문제점이 보이더라고. 아무리 초록빛으로, 연둣빛으로 칠해도 눈앞의 아름다움을 옮겨놓을 수가 없었어. 내 마음을 두근거리게 했던 그 반짝이던 나뭇잎들은 다 사라지고, 도화지 위에는 납작하고 답답한 초록색만 남아있었지. 더 섬세하게 칠해도 보고, 더 밝게 칠해도 보고, 심지어 더 비싼 물감도 써보았는데도 마찬가지였어. 귀신이 곡할 노릇이었지.

　해답을 준 건 형이었어. 시무룩해하는 내게 형이 말했지. 밝은색 옆에 바싹 붙여서 어두운색을 칠해보라고.

　처음엔 싫었어. 내가 모처럼 만든 예쁜 색들이 어둡고 탁한 색들에 가려지는 것이. 그런데 형이 나뭇잎들을 자세히 보라는 거야. 빛을 받는 부분 바로 아래마다 짙게 그림자가 지는 게 안 보이냐고. 저 그림자까지 그려 넣어야 제대로 된 나뭇잎이라고.

　어쩔 수 없이 검은 물감을 집어 들어 그림자를 채웠어. 그림을 망칠지도 모른다는 생각에 아주 조심스럽게 말이야. 그리고 곧 깨달았지. 내 그림 속의 나뭇잎들이 그제야 햇살에 반짝이게 되었다는 것을.

참 이상한 일이지. 빛과 어둠이 동전의 앞뒷면처럼 함께 붙어 다닌다는 것은.

키스를 나누었으니, 연인이 되었다는 내 생각은 순진한 오해였어. 그날 이후, 너는 다른 사람이 되어버렸으니까. 전화도 안 받고, 메시지에 대답도 없고, 아예 사라져 버렸지.

혹시 만날 수 있을까 해서 시간에 맞춰 버스 정류장도 나가보았어. 곤란하게 만들고 싶지는 않았지만, 이유라도 알고 싶었거든. 뭐라도 좋으니까, 네 설명을 듣고 싶었어. 서로 좋아하는 데 무엇이 문제인지 나로서는 도저히 알 수 없었거든.

정류장에서 아무리 기다려도 너는 오지 않았어. 다른 정류장에 간 건지, 다른 시간에 버스를 탄 건지, 다른 나라로 벌써 가버린 건지 알 수 없었지.

이렇게 모든 게 다 끝나는 것인지 불안해서 하루하루 미쳐가는 것 같았어. 아니, 차라리 미쳐버리기를 바랐던 것 같기도 해. 제정신으로 너를 다시 잃을 수는 없었으니까. 사랑을 확인받은 기쁨, 꼭 그만큼의 무게로 난 절망 속으로 고꾸라졌지.

더 기가 막히는 건 네가 나를 며칠 피했을 뿐인데 그동안 내가 경험해온 모든 버림받은 기억들이 강물처럼 범람했다는 거야. 나란 사람은 매력 없고, 쓸모없고, 무능하고, 한심하지. 쓸데없이 그림만 내내 그리는 놈. 그러니까 지겨워지는 게 당연해. 누구라도 지겨워질 수밖에. 너의 거절은 곧 세계의 거절이 되었고, 버림받음과 관련된 모든 경험들은 순식간에 나란 존재에 대한 선명한 요약으로 변해버렸지.

탈진해 버릴 것 같은 마음으로 너의 집 앞에서 너를 기다렸어. 어차피 아무것도 할 수 없었으니까, 아무리 오래 기다려도 상관없었지. 엉망진창이 된 내 세상을 바로 잡아줄 수 있는 사람은 너뿐이었으니까. 네가 연락 못 해서 미안하다고, 그저 바빴다고 말해주기만을 기다렸어.

기다리고, 기다리다, 마침내 네가 나타났을 때, 세상은 다시 환해졌어.

나는 네가 잘 지내는지 궁금해서 찾아왔다고 했어. 왜 나를 피하냐고, 너 때문에 내 세상이 무너지고 있다고 말했다가는 정말로 네가 도망가 버릴까 봐 무서웠거든.

물끄러미 나를 보던 네가 차갑게 말했어.

"그날은 내가 실수했어. 내가 헷갈리게 굴었어. 내가 미안해."

뺨을 맞은 듯, 볼이 얼얼해지는 말이었어. 상상도 하기 싫었던 그 최악의 상황이 내 앞에서 펼쳐지고 있었지.

내 머릿속에서는 쉴 새 없이 질문이 쏟아졌어. 그날의 입맞춤이 어떻게 실수일 수가 있어? 그렇게 나를 어루만지던 손길도 역시 실수인 거야? 내가 그렇게까지 싫었던 거야? 아니면, 내가 형의 동생인 게, 여전히 문제인 거야?

너무 많은 질문이 목구멍에 걸려서 목소리조차 나오지 않았어. 몇 번이나 목소리를 내보려고 했지만 소용없었지. 눈길조차 주지 않고 뒤돌아서는 너를 막아섰어. 그리고 겨우 목소리를 내 네게 물었어.

"나 좋아하잖아. 아니야?"

내 눈을 정확하게 응시하며, 네가 말했어.

"그날은 실수였어. 이제 찾아오지 마."

아주 잠깐 내가 어린아이였으면 좋겠다고 생각했어. 네 앞에서 엉엉 울 수 있었을 테니까. 하지만 난 아이가 아니었고, 눈물을 참기 위해서 입술을 깨무는 수밖에 없었어.

그렇게 너를 보내고 내 시간이 어떻게 흘러갔는지는 기억이 잘 안 나. 그림을 많이 그렸다는 기억밖에는.

그동안 차곡차곡 적립해 온 자기혐오라는 어둠 속에서 살아남는 법은 그림밖에 없었어. 오랫동안 그림이 쓸데없다고 생각했었지만, 그 쓸모 없음이 바로 그림의 쓸모였어. 외로울 때도, 슬플 때도, 비참할 때도 언제나 그림으로 도망갈 수 있기에 여태까지 버텨왔다는 걸 깨달았지.

나는 그리고, 또 그렸어. 무능한 나. 지겨운 나. 부담스러운 나. 쓸데없는 나. 버림받은 나. 데일 듯 고통스러운 나의 조각들이 떠오를 때마다 그 마음을 캔버스에 담았어. 그동안 눈길 주지 않았던 내 어둠도 그제야 내 캔버스 위에서 제자리를 찾았지.

스물네 번째 편지: 좋은 사람

어제는 외할아버지를 보러 갔다 왔어. 할아버지는 요양원에 계셔. 할머니가 돌아가시고 치매가 시작되셨거든. 아직은 상태가 아주 나쁜 건 아니라서 보통은 괜찮아. 가끔 대화가 잘 안되는 날도 있지만 말이야.

할아버지를 만날 때면 엄마가 잘나가는 작가가 된 것에 감사하게 돼. 할아버지가 계시는 곳은 유명하고 또 그만큼 아주 비싼 센터거든. 로비에서는 언제나 듣기 좋은 클래식 음악이 흘러나오고, 분홍색 유니폼을 입은 의료진은 미소를 지으며 인사하지. 햇살은 방 안 깊숙이까지 들어오고, 가습기에서는 뽀얀 수증기가 마르지 않는 샘처럼 솟아 나와. 평화롭고 친절한 곳이지.

할아버지를 만나도 특별한 걸 하지는 않아. 양갱을 조금씩 잘라서 입에 넣어 드리고, 휠체어를 밀며 함께 산책하는 정도지. 어쩌면 그나마도 오래 남지 않았을지도 몰라. 휠체어가 점점 가벼워지고 있거든. (예전의 할아버지는 아주 풍채가 좋았는데, 지금의 할아버지는 마치 겨울나무처럼 말랐어. 병이라는 게 체중부터 앗아가는 걸까.)

할아버지와 함께 있으면 이런저런 이야기를 하게 돼. 그림 이야기도 하고, 날씨 이야기도 하고, 할아버지가 신문사에서 일했던 시절 이야기도 하고, 엄마 어렸을 때 이야기도 해. 이모가 전국 노래자랑에 나갔던 이야기도 하고, 가끔은 우리 형 이야기를 하는 날도 있어. 할아버지랑 이야기하면 슬프지 않아. 우리는 대부분 좋은 이야기만 하거든.

어제는 할아버지의 컨디션이 좋았어. 우리는 김정영 씨 이야기를 했어. 김정영 씨는 할아버지가 젊은 시절 좋아했던 분이야.

정영 씨는 지나가는 사람들이 한 번쯤 다 돌아볼 정도로 멋쟁이였대. 놀라운 건 그 옷들을 다 스스로 만들었다는 점이야. 손끝이 야무졌던 정영 씨가 종로 양장점에서 보조(할아버지 말로는 시다)로 일하며 연습 삼아 만든 옷이었던 거지. 여하튼 대단한 정영 씨였던 거야.

김정영 씨가 할아버지를 만난 건 만원 버스 안에서였어. 상황은 좋지 않았지. 정영 씨가 월급봉투를 통째로 도둑맞을 뻔한 날이었거든. 하지만 정영 씨를 돕는 누군가가 있었어. 소매치기(할아버지 말로는 쓰리꾼)가 정영 씨의 월급봉투를 훔쳤을 때, 어떤 남자가 그 도둑놈의 팔을 꽉 잡고 외쳤으니까. 도둑놈이다! 정영 씨의 월급봉투는 무사할 수 있었던 거야. 그때, 소매치기를 잡아준 사람이 누구였게? 바로 우리 할아버지였지.

할아버지는 조판공이었거든. 활자를 하나하나 조합해서 신문을 찍던 시대의 조판공이었으니 우리 할아버지가 눈이 얼마나 좋았겠어. 할아버지의 예리한 눈이 소매치기를 놓치지 않은 거지. 아니, 할아버지의 예리한 눈이 정영 씨를 놓치지 않은 건가? 어쨌든 그날의 인연으로 정영 씨와 할아버지는 결혼해서 오래오래 잘 살았다는 이야기야. 이제 좀 감이 와? 맞아. 김정영은 우리 외할머니 이름이야.

어제 할아버지가 내게 해준 이야기는 두 분이 처음으로 같이 극장에 간 이야기였어. 그날이 둘만 만난 첫 데이트였대. 그전까지는 수줍음이 많은 정영 씨가 자꾸 친구를 데려오는 통에 둘만 만날 수는 없었다나.

영화가 상영되고 깜짝 놀랄만한 일이 일어났어. 새침하기만 했던 정영 씨가 할아버지 어깨에 머리를 기댄 거지. 할아버지는 심장이 두 근 반, 서 근 반 했대. 알고 보면 정영 씨도 할아버지를 좋아했구나 싶어서. 그런데 착각이었어. 피로를 이기지 못한 정영 씨가 할아버지 어깨에 기대어 자고 있던 거였대.

나중에 안 사실이지만 정영 씨는 그때 유명한 영화배우가 입을 옷을 만들고 있었어. 하나하나 구슬을 달아야 하는 손이 많이 가는 옷이었지. 그때 정영 씨가 하루에 달았던 구슬이 수백 개였다니, 얼마나 피곤했겠어.

할아버지는 그때까지는 당차 보이기만 했던 정영 씨가 안쓰러워 보였대. 잠이 든 정영 씨가 깰까 봐, 영화 내내 꼼짝도 할 수 없을 만큼.

어제 처음 듣는 이야기는 아니었어. 아니, 할아버지한테는 이미 수십 번은 들은 이야기지. 그런데 신기하지. 그 이야기를 할 때의 할아버지는 언제나 20대 청년의 표정을 짓고 있어. 눈은 빛나고, 입가에는 늘 미소가 어려있지. 다음 내용이 생각이 안 나서 할아버지가 가끔 이야기를 멈추어갈 때도 있어. 그럴 때면 할아버지는 당혹스러운 표정을 지으면서 나를 바라보지. 여기서 이 이야기를 이렇게 끝낼 수는 없잖아, 이런 표정. 그럴 때면, 내가 할아버지를 조금 도와드려.

"아, 거기서 정영 씨가 혹시 어깨에 머리를 기대지 않았을까요?"

잃어가던 기억 속에 다시 정영 씨가 또렷해지면, 할아버지 입가에도 다시 청년 같은 미소가 돌아와. 그리고 다시 그 옛날 극장의 어둑한 의자로 돌아가 앉은 듯 허리를 곧추세우고, 나에게 말하는 거야. 스물한 살 김정영 씨가 스물다섯 유태건 씨의 어깨에 머리를 기대던 그 순간에 대해 말이야. 얼마나 떨렸는지. 얼마나 기뻤는지. 그리고 얼마나 안쓰러웠는지.

할아버지의 사라져가고 있는 기억 중에서도, 할머니와 영화관에 갔던 날의 기억은 가장 따뜻하고 행복한 순간이야. 두 분의 젊은 시절을 직접 본 적이 없지만, 그날만큼은 마치 내가 그날 그 극장 옆좌석에 앉아 있었던 것처럼 생생하게 느껴져. 커다랗고 어두운 상영관과 이름을 알 수 없는 흑백 영화. 퀴퀴한 냄새가 나는 푹신한 극장 의자와 영화관을 가득 채운 팝콘 향. 그리고 상대방 어깨에 기대 잠든 정영 씨와 태평양처럼 넓은 어깨를 가진 태건 씨.

그러다 보면, 나도 모르게 떠올리는 기억도 있어. 바로 네가 응급실 침대에 누워있던 밤. 여기까지만 말해도 무슨 기억인지 너도 알겠지? 맞아. 그날이야.

그날은 공기가 서늘했어. 전날 밤 그해 여름의 마지막 비가 왔거든. 집으로 돌아가는 길에 우유를 사러 너희 집 앞 슈퍼에 들렸어. 일종의 핑계 같은 거였지. 우리가 자주 함께 가던 곳이니, 우연히 너를 마주치는 거짓말 같은 행운을 기대하며. 물론 그곳에 너는 없었어. 대신 뜻밖의 이야기를 들었어. 슈퍼 아주머니가 호기심에 가득 찬 얼굴로 물어봤거든. 어젯밤 내가 다른 여자랑 지나가는 걸 보고, 네가 황급히 가게에서 날 쫓아 달려 나갔다고. 아가씨가 많이 놀란 것 같던데, 내가 바람을 피운 거냐고.

놀라운 이야기였어. 네가 나를 보고 달려 나갔다니 말이야. 내 그림자도 보기 싫어할 줄 알았는데. 그런데 내가 바람을 피웠다는 이야기는 또 뭐지 싶었어. 한참이나 생각해서 겨우 퍼즐 조각들을 맞출 수 있었지.

어제저녁 집 근처에서 동기들 모임이 있었어. 재하가 불러서 가보니, 거기엔 예리도 있었지. 술집으로 자리를 옮기는데 재하가 근처에서 물건 받아 올 게 있다고 먼저 가 있으라고 하더라고. 가는 길에 갑자기 비가 왔어. 마치 영화처럼. 예리는 우산이 없었고, 나는 있었지. 그뿐이었어. 하필 그 순간, 네가 나를 봤던 것 같아. 그런데 나를 보고 달려 나갔다면서, 너는 왜 내게 묻지 않은 걸까. 나와 예리 사이를 오해했던 걸까.

너에게 먼저 연락하지 않기로 했지만, 그 순간 결심 따위는 소용이 없었어. 적어도 오해는 바로잡아야 하니까.

신호음이 몇 번 울리지도 않았는데, 수신되었다는 표시가 나타났어.

순간 할 말을 잃고 얼어붙었어. 네가 정말 전화를 받을 줄은 몰랐거든.

"나야, 윤오."

겨우 말을 건넸지만, 너는 아무 말이 없었어. 전화가 끊길까 봐 나는 다급하게 네 안부를 물었지.

"잘 지내지?"

한동안 말이 없던 네가 작은 목소리로 말했어.

"와 줄 수 있어? 몸이 안 좋아."

생각지도 못한 말이었어. 너에게 달려가는 모습을 수없이 상상했었어. 수십 번, 아니, 수백 번. 하지만 그날은 내 상상 속에서보다 더 빠르게 달렸어. 발이 없는 사람처럼 달렸지.

다시 만난 너는 열로 펄펄 끓고 있었어. 그렇게 아픈 건 처음 보는 모습이었어. 빨리 응급실로 가야 한다는 생각밖에는 없었어.

택시를 타고 병원에 가서 검사를 하고 처치를 받은 후, 너는 수액을 맞으며 잠이 들었어. 초조하게 앉아있는 내게 응급실 의사 선생님이 말했어. 열이 좀 많이 나서 그렇지, 일반 몸살감기니까 조금 있으면 나아질 거라고. 열만 잡히면 퇴원해도 된다고.

처음에는 그저 안도하는 마음이었어. 처음에는 말이야. 그러다가 도대체 무엇이 너를 이렇게 힘들게 만들었을까 싶어 화가 났어. 생각해 보니 내가 화낼 건 아니었지. 널 힘들게 만든 사람은 아마도 나였을 테니까. 겁이 나기도 났어. 잠에서 깨고 나면, 너는 나를 또 밀어낼지도 모르니까.

그렇게 오르락내리락하는 마음과 씨름하며 너를 지켜보고 있는데, 네가 눈물을 흘렸어. 아마도 꿈을 꿨던 거겠지. 자면서도 눈물을 흘려야 할 만큼 슬픈 꿈. 그리고 얼마 안 있어 네가 형의 이름을 불렀어. 두 번, 짧게.

"선재야. ...... 선재야, 미안해."

그제야 네 마음이 이해되었어.

예전에 네가 내게 말했었잖아. 행복해지고 싶다는 생각만으로도 형에게 미안해진다고. 그런 사람이 다른 사람이 좋아졌다고, 어떻게 선뜻 마음을 돌릴 수 있었겠어. 네가 그토록 나를 밀어내던 이유는 바로 그거였어.

내 사랑에 취해서 네 입장을 헤아리지 않았어. 너의 혼란을 이해하지 못한 채, 나는 내 자격지심으로 스스로를 찔러대고 있었지. 네가 숨겨왔던 비밀은 정작 아무도 아프게 하지 않는 것이었는데, 정작 너를 오해하고 있던 사람은 나였어. 그동안 네가 얼마나 외로웠을지는 짐작도 못 한 채.

그날 밤, 나는 좋은 사람이 되고 싶다고 생각했어. 아무도 봐주는 사람이 없어서 너 혼자 고스란히 떠안았던 오래된 그 아픔을 보듬고 싶어졌어. 네가 오랫동안 숨겨온 슬픔을 소중히 대하는 법을 배우고 싶어졌어. 어쩌면 그게 내가 네가 해줄 수 있는 전부일지도 모르니까.

스물다섯 번째 편지: 이해

　난 어릴 때 몸이 약했었대. 다른 건 잘 기억 안 나지만, 열이 자주 났던 건 기억나. 열은 이상하게 꼭 밤에만 나더라고. 낮에는 아무렇지도 않았는데, 밤만 되면 열이 펄펄 끓는 거야. 더 이상한 건 열이 나면 더울 것 같은데, 이가 덜덜 떨릴 정도로 춥다는 것. 해열제를 먹어도 열이 안 내리면 엄마가 날 응급실에 데리고 갔어. 응급실에서 처치를 받고 기다리다 보면 점점 추위가 가셔. 그제야 열이 내리는 거지.

　아이들은 아무것도 모른다고 어른들은 생각하지만 내 기억에 의하면 꼭 그렇지는 않아. 극단적인 상황을 겪다 보면 아이들도 어른들처럼, 아니, 어른들보다도 더 직관적인 생각을 할 수도 있다고 생각해. 나는 아픈 게 너무 싫었거든. 이유도 알 수 없이 너무 아프니까, 무섭기도 하고. 나 때문에 엄마가 잠도 못 자고 걱정하는 것도 싫었어.

　그래서 나도 모르게 그런 생각을 했어. 몸이 없으면 좋겠다고. 몸이 없으면, 열도 나지 않고 아프지도 않을 거 아니야. 어린애가 그런 생각을 했다고 하면 사람들은 믿지 않지만 나는 똑똑하게 기억해. 몸이 없으면 더 나을 거라고 진심으로 생각했던 어린 시절의 나를.

　물론 그런 생각은 어른이 되면서 서서히 사라져갔어. 나이 먹으면서 열 때문에 응급실에 가는 일이 점차 줄어들었거든. 그 이후로는 아프지 않은 몸을 당연하게 여기면서 살아왔던 것 같아. 그렇게 자주 열이 나던 기억이 가물가물해질 정도로. 응급실에서 너를 지켜보면서야 기억이 났지. 나도 너처럼 열이 많이 나서, 병원에 오곤 했던 시절이 있었다는 것을.

　네가 열이 내리는 걸 확인하고 나도 모르게 잠이 들었어. 말했잖아. 그때 나는 지칠 때까지 그림 그리는 것 외에 시간을 버티는 법을 몰랐다고. 가뜩이나 피곤했는데, 안심까지 해버리니까 어쩔 수 없었어.

　잠에 취해 내가 응급실 한복판에 있다는 것조차 잊었는데, 조금씩 조금씩 소리가 들리더라고. 사람들 발소리, 의료 장비의 삑삑거리는 소리, 낮게 대화하는 소리. 소리와 함께 생각도 돌아왔어.

　아. 이곳은 병원이었지.

　눈을 떠보니, 이미 잠에서 깬 네가 나를 지켜보고 있더라고. 아까와 달리 안정되어 보이는 얼굴이었어. 내가 괜찮냐고 묻기도 전에 너는 시선을 돌리며 차갑게 말했어.

　"아까는 고마웠어. 이제 넌 가도 돼."

　몇 시간 전까지만 해도 네가 나를 거부하는 게 그렇게 두려웠는데, 거짓말처럼 아무렇지도 않더라.

　"열 내렸구나? 나한테 못되게 구는 거 보니."

　나를 쏘아보길래 화를 내려는 줄 알았는데, 네가 갑자기 내게 사과했어.

　"미안해. 다 내 잘못이야. 어젯밤 아프다고 불러서 미안해. 난 도대체 왜 이럴까."

　우리의 지난 몇 주가 머릿속에서 스쳐 지나갔어. 그제야 서로 떨어져 지내는 동안 자신을 탓한 건 나 혼자만이 아니었다는 걸 알았어. 네가 마음

쓰이지 않도록 나는 일부러 밝게 대답했어.

"불러줘서 좋았는데, 왜 그래. 수액 다 맞으면 같이 나가자."

병원 밖은 아직 차가운 새벽이었어. 나는 24시간 설렁탕집에 가자고 했어. 마음이 지칠 때는 몸으로 우회하는 게 더 나으니까. 온기로 몸을 좀 채우고 싶었어.

따뜻한 설렁탕 한 모금에 몸이 조금씩 풀렸어. 밥을 조금 말아 삼키자, 뱃심마저 두둑해졌지. 설렁탕으로 데워진 내 몸의 온기에 의지해서 나는 너에게 물었어.

"그저께 나랑 예리랑 지나가는 것 봤다면서. 왜 물어보지 않았어?"

"난 자격 없잖아."

"자격이 왜 없는데?"

내 물음에 너는 한동안 아무 말이 없었어. 그러다 결심한 듯 한 마디, 한 마디, 힘주어 답했어.

"너를 보면 선재가 생각나. 너만을 사랑해 주는 사람을 만나. 난 자격 없어."

가끔은 생각해. 마음이라는 게 이렇게 단순할 수가 있다니! 그 순간도 그렇게 생각했어. 사랑이란 게 이렇게 단순해서 다행이다! 나에겐 그저 사랑 하나면 충분했으니까.

"그런 건 아무 상관 없어. 나를 형보다 덜 좋아해도 괜찮아. 형을 영원히 못

잊어도 괜찮아. 그냥 나도 좀 좋아해 줘. 내가 그렇게 싫어?"

너는 잠시 아무 말도 없이 나를 바라보았지. 약간 충격을 받은 듯 몇 번이고 내 눈을 바라보며 입술을 달싹였지. 그리고 마침내 말했어.

"좋아해, 윤오야."

그 말로 충분했어.

그날, 설렁탕 가게를 나오면서, 처음으로 너의 손을 잡고 길을 걸었어. 나에게 손이 있다는 게, 그렇게 뿌듯한 일일 줄은 그때까지 전혀 몰랐어. 맞잡은 너의 손은 부드럽고 따뜻했어. 너의 피부 아래로 조금 딱딱한 손가락뼈와 손목뼈도 만져졌지. 인체 데생을 할 때 내가 그토록 불평했던 손가락뼈와 손목뼈였어. 효율적이기보다는 오히려 엉망으로 구성되어 있다고 생각했던 그 뼈들은 애초부터 누군가의 손을 잡기 위해서 만들어졌던 게 아닐까 싶을 정도로, 내 손안에서 황홀하게 움직였지. 네 살갗의 부드러움과, 그 아래 조금 딱딱한 뼈의 움직임이 내 심장을 울려댔어. 그건 압도적인 감각이었어.

그 순간, 나도 모르게 생각했어. 살아있어서 다행이라고. 몸은 고통의 통로이기도 하지만 기쁨의 통로이기도 했어.

세 번째 편지 묶음

스물여섯 번째 편지: 두 번째 월식

아직도 바로 어제 일어난 일처럼 생생하게 기억나. 너와 함께 가을 하늘을 오랫동안 올려보던 밤. 너와 함께 우리의 두 번째 개기 월식을 보던 밤이. 네가 무척이나 기다리던 월식이었어. 아무리 개기 일식보다는 흔하다고 해도, 개기 월식이 잘 보이는 경우는 드문데 이번에는 아주 예감이 좋다고 했지.

내년이면 재건축된다는, 네가 사는 오래된 저층 아파트 베란다에 나란히 의자를 놓은 채 기다렸지. 시원한 바람이 불어오고, 거리에서는 기분 좋은 소음이 들렸지. 낙엽을 쓰는 소리, 자전거 경적이 경쾌하게 울리는 소리, 길을 지나가며 이웃끼리 인사를 건네는 소리, 건너편 태권도 학원에서 아이들이 연습하는 소리.

우리는 나란히 의자에 앉아 손을 잡고 있었어. 나는 네 손을, 너는 내 손을. 시간이 흐르고 눈앞의 달이 조금씩 조금씩 이지러졌어. 너는 감탄하듯 말했어. 함께 월식을 다시 보게 될 줄은 몰랐다고. 7년이나 흐른 게 믿어지지 않는다고. 몸을 돌려 너의 머리카락을 넘겨주며 네게 물었어. 지금의 너는 행복한지.

"당연히 나는… 나는… 나는…."

너는 말을 잇지 못하다가, 할 말이 없는 듯 웃었어.

나는 그림을 그리는 사람이잖아. 그래서 알고 있어. 존재는 모두 정확하게 이해받고 싶어 한다는 것을.

해와 달마저 일식과 월식으로 사라져 버리는 세상에서, 우리가 완벽하게 행복하기를 바라는 건 말도 안 되는 소리잖아. 나와 있어서 행복하다고 차마 거짓말을 하지 못하는 너라서 좋았어. 그래서 너 대신 내가 말했어.

"누나는 아직도 형 생각을 하면 마음이 아프지. 괜찮아. 나도 그러니까."

너는 대답 대신 내 손을 꼭 쥐었어. 나는 웃으며 네 입술에 가볍게 입을 맞췄어. 네 슬픔이 나를 다치게 할 수 없다는 걸 보여주고 싶었거든.

이제 달은 하늘에서 완전하게 사라져 버렸어. 세상은 조금 더 어두워졌지. 형이 떠났던 그해에도 달이 사라졌을 때, 우리가 손을 잡고 있었다는 게 기억이 났어. 그 사실이 내게는 묘한 위로가 되어, 나는 용기 내 물었어.

"언제 형이 제일 보고 싶어?"

넌 잠시 망설이다가 대답했어. 선재가 평상시에는 많이 보고 싶지는 않은데, 갑자기 숨이 안 쉬어지면서 눈물이 흐르는 날이 있다고. 보통 그런 날은 아무 도리가 없어서 그저 운다고 했어. 작년에는 길을 걷다가 자신도 모르게 선재를 닮은 사람을 한참이나 쫓아갔던 일도 있었다고 했지. 정신을 차려 보니, 네가 어떤 고등학생을 무작정 따라가고 있었다고. 그 순간엔 정말 선재가 돌아온 줄 알았다고.

끈이 풀릴까 봐, 신어보지 못하고 간직하고만 있는 운동화 이야기도 했어. 특이하게 줄을 묶어줬는데, 혹시라도 풀리게 되면 다시는 그렇게 못 묶을까 봐, 신지 못하고 간직하고만 있다고. 선재에게 끈 묶는 법을 배워

둘 걸 그랬다고 너는 말했어. 그 이야기를 들을 수 있어서 다행이었지. 내가 묶을 줄 알았거든. 어렸을 때, 형에게 배웠으니까.

그날 대화는 아주 특별했어. 이런 말은 이상하지만, 우리는 그제야 제대로 된 대화를 나눈 것 같았어. 마치 마음의 둑이 터진 사람처럼, 너는 그동안 네 안에 담아만 두었던 이야기들을 했어. 그런 너의 이야기를, 나는 내 모든 체중을 기울여서 들었어. 네가 너의 삶의 어느 부분을 떼어서 나에게 준 것처럼, 내가 마치 너의 일부분이 되어서 네 삶을 살아낸 것처럼 들었어.

얼마 지나지 않아, 하늘에 부드러운 빛이 번져갔어. 달이 다시 돌아오고 있었지.

나는 아직도 나와 있으면 형에게 미안하냐고 너에게 물었어. 너는 고개를 가로저으며 말했어. 이제는 아니라고. 이제는 너도 알고 있다고 했지. 선재의 삶만 짧은 게 아니라, 남아 있는 우리의 삶 역시 너무도 짧다는 것을 말이야.

우리는 그날 깊은 밤까지 계속 이야기를 나누었어. 서로에게 체온을 나누어주며 한겨울을 가로지르던 시절의 이야기였어. 그 이야기 속에서 우리는 함께 온실을 보러 갔고, 함께 목 놓아 울기도 했어. 그네에 나란히 앉아, 지는 겨울 해를 바라보기도 하고, 오락실에서 늦게까지 인형뽑기도 했지. 그러다가 잘 살아 보자고 서로 응원도 했어. 여전히 아픈 이야기였지만, 비참한 기분은 들지 않았어. 오히려 조금은 그립게 느껴질 정도였지. 우리는 이야기를 나누며 가끔 눈물 흘리고, 그보다 더 많이 웃었지.

그날, 너는 내게 고맙다고 말했어. 선재를 잃었다는 생각에, 우리가 함께 있었다는 걸 잊을 뻔했다고 했어. 그 시간의 소중함을 이토록 늦게 알게 되어서 미안하다고. 돌이켜보니 모든 것이 다 고맙다고.

말재주가 없어 고맙다는 말이 제대로 전했을지 모르겠다고 네가 말했어. 그런 걱정을 하는 게 귀여웠지. 그 말을 내가 알아듣지 못한다면, 너의 그 말을 알아들을 수 있는 사람은 세상에 아무도 없을 테니까. 나는 네게 말했어.

"걱정하지 마. 어떻게 내가 모를 수가 있겠어? 그래도 말해줘서 고마워. 진심으로."

우리는 서로에게 입을 맞췄어. 긴 밤을 견디고 찾아오는 새벽 같은 입맞춤이었지.

스물일곱 번째 편지: 열정

　남자로 태어난 자들은 스스로에게 계속 묻게 되는 것 같아. 남자다운지. 능력이 있는지. 또 매력적인지. 그리고 아마도 충분히 잘하는지. 여자들이 알게 되면 질겁할 것 같은 그런 질문을 묻고 또 묻지.

　나도 예외는 아니야. 거기다가 나는 어렸을 때 아버지가 없었잖아. 그래서 어쩌면 남들보다 조금 더 예민하게 집착했을 수도 있어. 무시당할까 봐 혼자 괜히 소심해졌던 거지. 누구보다도 남자답게 보이고 싶었어. 이런 나를 비웃을지도 모르지만, 괜찮은 수컷이 되는 건 오래된 내 삶의 목표이기도 해. 그러니 키가 자라고, 근육이 붙고, 힘이 세지는 게 얼마나 좋았겠어. 알다시피 나는 그림에 집착하는 괴짜였으니 몸까지 왜소했다면, 놀림받기 딱 좋을 것 같지 않아? 그래서 더 몸을 불리려고 애썼어. 일부러 남보다 더 센 척도 하고, 거칠게 부딪히는 운동도 피하지 않았어. 화려한 날개를 만들도록 진화한 공작새처럼 화려하게 내 남성성을 자랑하고 싶었던 건지도 몰라. 그건 내게 자존심이었지.

　침대에서도 얼마나 잘하고 싶었는지, 너는 상상도 못 할 거야. 너와 함께 잊을 수 없는 밤을 보내고 싶었지. (아니, 더 솔직하게는 잊을 수 없는 횟수를 하고 싶어 했을지도 모르겠어.) 어쨌든 나는 무모하리만큼 사랑에 빠져있었고, 그런 만큼 남자로서 너한테 인정받고 싶어서 몸이 달아있었으니까.

　사실 즐기기도 했어. 뇌가 녹아버릴 정도로 강렬한 성욕으로 가득 차버리는 그 순간의 감각들을. 내가 내 몸의 주인이 아니라는 걸, 가슴 깊이 절감하게 되는 그 패배와 환희의 느낌을. 너의 따끈하고 매끈한 몸을 어루만지면 짜릿짜릿하게 내 온몸에 성욕이 번져나갔지. 네 입술에 입 맞출 때면, 내 모든 피가 마를 것 같은 갈망과 갈증으로 몸이 뒤틀릴 것 같이 떨렸어. 머리를 안갯속에 담그고 있는 사람처럼, 이성은 부연 혼란 속으로 사라지고, 내 온몸은 온통 본능으로 가득 차버렸지. 그 야수 같은 순간의 무모함과 뜨거움, 그리고 희열이 좋았어. 오직 감각과 충동에 이끌려 리드미컬하게 동작을 반복할 때면, 내 심장은 터져나갈 듯 사납게 뛰었지.

　서로의 몸이 얽혀있을 때에 느껴지는 기묘한 소유욕도 좋았어. 우리가 한 몸이 아닌 게 오히려 이상하게 느껴질 정도로 밀착되어 있기에, 더 너를 갈구했어. 그 순간만큼은 너를 온전히 갖고 싶었지. 더 다가갈 수만 있을 것 같은데, 더는 가까워질 수 없다고 느낄 때마다 알 수 없는 안타까움이 덮쳐와 나는 너를 더 깊게 안았지. 그 열기와 숨결과 안타까움과 기쁨과 혼란이 척추를 따라 흘러와 내 심연의 깊은 곳을 울려댔어. 내 몸이 울리고 있는 건지, 내 영혼이 울리고 있는지 알 수 없을 정도로 깊고 깊은 감각이었어. 내가 간직할 수 있는 마지막 호흡까지 다 토해내어도 그 바닥에는 닿을 수 없다는 걸 절감할 때면, 나도 모르게 탄식 같은 마른 신음이 흘러나왔어.

　나에게 진짜 영감을 준 순간은 그 이후였어. 그 모든 감각의 파도가 밀려 나간 뒤, 고요가 찾아오는 순간이 너무 좋은 거야. 그렇게 엉망이 될 정도로 내 몸을 휘젓고 다니던 성욕이 가라앉고, 너를 다시 바라보는 순간에 느껴지는 단정한 감각이 점차 더 좋아졌어. 아까의 지독했던 갈망이 마치 거짓이 된 것처럼 나는 너를 바라볼 수 있었거든. 판단 없이. 두려움 없이. 불안 없이. 경외를 담아.

  미술의 언어로 말하자면, 그 순간은, 빛과 어둠이 나란히 공존하고, 흑과 백이 친구가 되는 순간이었어. 소음이 정적과 어깨동무하고, 죽음이 삶에 입을 맞췄어. 패배와 승리의 무게가 같아지고, 시체들은 노래하고, 전사들은 눈물을 흘렸지. 폐허의 돌에서 꽃들이 피어나고, 잃어버린 이름들은 주인을 찾아가는 시간. 그곳에서는 내가 남자답지 못할 거라는 불안은 없었어. 내 앞에서 네가 여신처럼 빛나고, 그런 너를 바라보는 나는 오직 평온하고 또 고독했지. 그 고독은 외로움이 아니었어. 단지 나는 네가 될 수 없다는 명확한 자각에 기반한 고독이었어. 그 고독에는 모서리가 없었지.

  그곳에서는 우리가 영원히 하나가 될 수 없다는 사실은 아무렇지 않았어. 나는 여전히 너를 사랑하고 있었으니까. 성욕이 사라져도, 아니 성욕이 들끓어도, 나는 매 순간 명확히 느꼈어. 내가 너를 사랑하고 있다는 것을. 설명은 필요 없었어. 나는 그런 내가 자랑스러웠지. 한 남자로서, 한 인간으로서, 누군가를 깊이 사랑하고 있다는 자각이 있는 한, 나를 증명할 필요가 없었거든. 내 몸과 내 마음과 그리고 그 외의 나라는 사람의 모든 것으로 너를 사랑하고 있다는 사실이 내게는 긍지였어. 그 찰나의 순간이 올 때마다, 나는 조금씩 더 정직한 나를 대면할 수 있었어. 아무것도 아니고, 결국 아무것도 아닐 거지만, 그럼에도 여전히 너를 사랑하는 나.

  그 시절, 나는 마치 그림 그리기를 처음 배운 사람 같았어. 모든 게 새로웠지. 원래 나는 그림을 그리기까지 대상을 보고 또 보고, 그러다가 겨우 캔버스를 잡는 사람이었어. 그런데 그때는 달랐어. 나는 그리고, 그리고, 또 그렸어. 아침에 눈을 뜨자마자 그리고, 길을 걷다가도 멈춰 서서 그리고, 밥을 먹다가도 그리고, 누워서도 그리고, 말하면서도 그리고, 그리고 그림을 그리다가도 또 그림을 그렸지. 숨을 쉬듯이 그려댔어. 그림이 내 몸에서 그저 쏟아져나오는 것 같았어. 가슴이 터질 듯이 벅차올라서, 그림을 그리지 않으면 오히려 팔이 마비될 것 같은 역동이었어. 내 핏줄마다 혈액 대신 어떤 마법이 흐르는 것처럼, 그림을 멈출 수 없었지.

나는 모든 것을 그렸어. 드로잉은 그저 부산물 같은 것이었어. 나라는 사람이 세상에 살아있다는 걸 증명하는. 나는 살아있었지. 단지 살아있는 게 아니었어. 나는 사랑을 하며, 근사하게 살아있었어. 대체될 수 없는 존재로서, 살아있던 거야. 그 존재의 감각들이 드로잉이 되어서 내게서 뿜어져 나왔어. 예술은 그저 감정의 기록일 뿐이라는 말이 맞았어. 그 시절, 나는 감정 그 자체였어.

색에 대해서도 두려움이 사라졌지. 온갖 색들이 캔버스 위를 물들였어. 폭력도, 섹스도, 피도, 용서도, 사랑도 캔버스 위에서는 동등했어. 두려워할 것이 없었어. 중요한 건 에너지였어. 힘. 직감. 단호함. 그리고 그 모든 것을 만들어내고, 유지하고, 떠받치고, 부수고, 불태우고, 고이고, 추락하다, 다시 창조하는 에너지. 그 에너지의 긴장을 유지하는 것이 색을 선택하는 것보다 몇천 배는 더 중요한 일이었어.

미친놈처럼 그림에 매달리는 나를 재하가 놀렸어. 그렇게 그리다가 죽는다고. 상관없었어. 이렇게 그림을 그리다 죽을 수 있다면, 죽어도 상관없었어. 처음이었어. 그토록 큰 환희와 열망에 가득 찬 것은. 내 한계까지 어떻게든 가보고 싶다는 욕망. 한계의 끝에서 부서져내릴 때의 절망. 진짜, 진짜를 그리고 싶다는 소망.

너에게도 그 세계에 대해 말하고 싶었는데, 어떻게 해야 할지 모르겠더라고. 말주변이 없는 건, 네가 아니라 바로 나였어. 어떻게 설명해야 할지 몰라 입도 뗄 수 없었어. 말을 찾아서 헤매는 나를 너는 가만히 안아주었어. 그리고 말했지.

"너는 그릴 수 있을 거야. 반드시 그릴 거야. 알아. 무슨 말 하려는지. 네가 그리려고 하는 게 뭔지, 나도 이미 본 것 같아."

스물여덟 번째 편지: 함박눈

어제는 눈이 왔어. 올겨울의 마지막 눈이 아니었을까 싶어. 아마도 말이야. 첫눈은 대부분 명확한데, 마지막 눈은 매번 애매해. 어떤 해에는 봐주는 사람 없는 새벽에 조금 내리던 싸리눈이 그해의 마지막 눈이 되기도 하고, 또 어떤 해에는 이미 봄꽃도 다 피었는데 갑작스럽게 내리는 함박눈이 그 겨울의 마지막 눈이 되기도 하니까. 처음은 명확한데, 마지막은 애매해지는 건 사람 사이의 관계도 마찬가지일지도 모르겠어.

너와 함께 내리던 함박눈을 바라보던 그날 기억하지? 난 늦게까지 실습실에 남아 있었어. 기말 과제 마감도 다가오고, 마치고 싶던 작품도 있어서, '조금만 더, 조금만 더'하다, 정신을 차렸을 때는 이미 버스도 끊어진 깊은 밤이었어. 첫차를 타고 집에 가려고 실습실 긴 의자에 누워서 조금 잠이 들었어. 자다 보니까 뭔가 이상한 거야. 해 뜨기에는 아직 이른 시간이었는데, 주변이 좀 환한 느낌이었거든. 실습실 커튼을 젖혀 보니 눈이 오고 있더라고. 꽃송이처럼 커다란 눈송이가 하늘에서 끝도 없이 쏟아지고 있었지. 그해 겨울의 첫눈이었어.

네 생각이 났지만, 연락하기에는 너무 이른 시간이었어. 그래도 너를 보고 싶다고 생각했을 때, 휴대폰 문자 메시지 소리가 울렸어. 바로 너였어.

건물 문이 다 잠긴 것 같다고. 어떻게 들어가야 하냐고.

깜짝 놀라서 건물 정문으로 나가보니, 네가 있었어. 한동안 헤맨 듯 머리와 옷 위에는 눈이 소복하게 쌓인 채. 이 밤에 대체 무슨 일이지 어리둥

절해 있는데, 네가 날 와락 안으며 말했지. 첫눈이 오잖아. 첫눈이 온 일이 마치 세상에서 가장 중요한 일이라도 되는 것처럼, 네가 말했어. "첫눈이 오잖아."

밖이 추워서, 우리는 일단 실습실로 들어갔어. 버스도 끊어졌는데, 어떻게 학교까지 올 수 있었는지 묻는 내게 너는 걸어서 왔다고 답했지. 아무렇지도 않게. 학교까지는 걷기에는 너무 먼 거리였어. 더군다나 이렇게 눈이 오는 날은. 추울까 봐 전기난로 세기를 올리고, 담요를 찾고, 커피를 내렸어. 실내가 어두운 것 같아 등도 켜려는데, 네가 나를 말렸어. 그만 좀 돌아다니고, 눈 오는 걸 같이 보자고. 아무리 그래도 내 옷에서 나는 물감 냄새가 신경 쓰였어. 잠깐만 사물함에 가서 다른 옷으로 갈아입고 오겠다고 말하는데, 네가 날 붙잡더니 내 머리카락을 마구 헝클어뜨렸어. 그리고 말했지. 사랑한다고. 그러니 걱정하지 말라고. 너는 나에게 완벽하게 반해 있다고. 그 말을 하는 네 눈동자에는 오직 내 모습만이 비쳤어. 그런 네가 아름다워서, 나는 또 할 말을 잃고 홀린 듯 너를 바라보았어. 너는 숨이 막힐 정도로 나를 꼭 끌어안으며 속삭였지. 첫눈이 와서 내가 더 보고 싶었다고. 너무 보고 싶어서 온 거라고. 그뿐이라고.

그런 순간들을 어떻게 설명해야 할지 모르겠어. 마치 세상에 우리 둘만 존재하는 것 같은 그런 순간들 말이야. 실습실 커다란 창문 아래에서 나를 꼭 끌어안은 너의 입술에 입 맞추며 나는 설명할 수 없는 안도감을 느꼈어. 아주 오랫동안 예정되어 있던 만남이 그 순간에서야 이루어진 듯한 기분. 이번 생에서뿐만 아니라, 그 이전부터 아주 오랫동안 예정됐던 만남이 드디어 이루어진 것 같은 느낌 말이야. 어떤 일이 일어나더라도, 절대로 변할 수 없을 것 같은 입맞춤이었어. 언젠가 서로에게 상처를 주게 되더라도, 아니, 우리가 결국 헤어지게 되더라도, 아니, 우리가 언젠가 지구를 떠나 별의 한 조각이 되더라도, 이 우주의 어느 한 조각에는 여전히 첫눈을 바라보며 입 맞추고 있는 우리가 존재할 것 같은 그런 입맞춤.

그리고 아주 조금 이상하기도 했지. 뇌가 다 녹을 것 같이 뜨거운 밤을 보낼 때보다, 이 단순한 입맞춤이 더 감동적일 수 있다는 것이. 사랑한다는 너의 말은 마법이었어. 공주의 키스로 개구리가 왕자로 변했다는 동화처럼, 그 밤은 나를 변화시켰지.

내가 그토록 두려워하던 일들이 그 순간만큼은 두렵지 않았어. 살면서 내 작품이 단 하나도 팔리지 않더라도, 그렇게 팔리지 않는 그림이나 평생 그려대다가 사라지더라도, 영원히 형보다 못한 동생이 된다 해도, 더는 그 누구에게도 미안하지 않았어. 앞으로 내가 흔들릴 때마다 너와 입을 맞춘 그 순간으로 돌아오면 될 테니까. 짧지만 영원처럼 지속되는 그 세계에서는 언제나 멈추지 않을 꽃송이 같은 첫눈이 내리고, 단지 첫눈이 내린다는 이유로 내가 보고 싶어진 네가 차도 다니지 않는 새벽길을 달려와, 아무런 망설임 없이 나를 향해서 팔을 벋을 테니까. 그리고 별빛 같은 네 두 눈에 오직 나만을 담은 채 입 맞춰 줄 테니까. 그렇게 나를 사랑한다고 나에게 속삭이고 또 속삭여줄 테니까.

실습실의 커다란 창문 너머로 하얀 눈이 끝도 없이 내리고 있었어. 아름답고 탐스러운 눈송이가 눈 덮인 땅에 닿을 때마다 작은 종들이 울리는 것 같은 미세한 소리가 났어. 수십, 수백, 수천 개의 눈송이가 떨어지는 소리가 우리를 포근하게 감쌌어. 눈이 내리는 소리조차 너무 아름다워, 나도 모르게 너에게 속삭였어.

"사랑해. 내 모든 걸 다 너에게 주고 싶어."

인정해. 유치한 말이었다는 거. 그래도 어쩔 수 없어. 유치한 말로밖에 표현할 수 없는 그런 감정도 있으니까. 너는 내 말을 못 들은 듯 잠시 침묵하다, 고개를 숙이며 말했어.

"알아. 고마워."

나중에 우리가 헤어질 때쯤 너는 내게 말했지. 네가 우리 사이에서 원했던 건 각자의 무게를 온전히 견디는 관계였던 것 같다고. 서로의 삶에 충분한 거리를 두고, 서로를 존중하고 상처 입히지 않는 관계를 원했다고. 서로의 아픔을 겹치거나, 서로의 삶을 나눠 갖는 관계를 원했던 건 아니었던 것 같다고.

지금은 나도 네 그 말의 뜻을 알 것 같아. 그리고 조금쯤은 그때 네가 원했던 사랑을 줄 수 없던 게 미안하기도 해. 그렇지만 그 역시 어쩔 수 없는 일이었어. 그때만 해도, 나는 네가 원하는 그런 종류의 사랑이 존재하는지조차 모르던 애송이었으니까. 온 마음을 다해 사랑하는 것만 알았지, 그 뜨거운 마음에 데지 않도록 그 마음을 식히는 것 역시 사랑일 수 있다는 걸 몰랐으니까.

나를 정말로 미안하게 만든 건, 네가 내게 남겼던 그다음 말이었어. 너는 말했지. 단지 보고 싶다는 이유로 새벽길을 달려 나오거나, 사랑 때문에 앓아눕는 일은 이제 네 삶에서 다시는 없을 거라고. 나를 떠나고도 마음이라는 게 남아있을까 싶을 정도로 너도 날 아주 많이 사랑했다고.

너의 그 말을 생각할 때면, 아직도 마음 한구석이 아릿해져. 그리고 조금은 후회하게 되는 것 같아. 너무도 남김없이 누군가를 사랑해 버린 것을.

스물아홉 번째 편지: 새해전야

며칠 전, 선배 전시회를 갔다가 예리를 만났어. 의외였어. 예리가 한국에 있을 거라고 생각 못 했거든. 예리 말로는 전시회 계약 문제로 잠깐 들어온 거래. 간단히 인사를 나누고 난 작업실로 돌아갔는데, 그날 밤 작업실로 날 찾아온 손님이 있었어. 예리였어.

예리는 여전했어. 여전히 예쁘고, 여전히 제멋대로였지. 내가 문을 열어주자마자, 예리는 자기 작업실처럼 자연스럽게 내 작업실로 들어와 그림들을 둘러보기 시작했어. 어떻게 주소를 알았는지를 묻는 내게는 대꾸도 하지 않고, 차나 한 잔 끓여달라고 했어. 마치 내 작업실이 자기 개인 카페나 되는 것처럼 당당하게 말이야. 찻물을 올리고 작업실에 다시 돌아오니, 예리가 바닥에 주저앉아서 내 그림들을 보고 있었어.

바닥이 차다며 의자를 내오려고 하는 내게 예리가 말했어. 자기 전시회를 공동 전시회로 바꿀 테니 내 작품도 몇 점 같이 걸자고. 이미 가을에 공동 전시회를 준비하고 있다고 말했지만, 예리는 강경했어. 이번 가을 전시회에서는 요새 내가 작업하는 작품들을 걸고, 자기 전시회에는 내가 예전에 작업했던 작품 몇 개만 걸자고 했어. 그것도 싫으면, 작품 몇 점만 자기한테 팔라고.

오랜만에 만나서 하는 이야기치고는 황당했어. 개인전이 얼마나 소중한 기회인데 공동 전시로 바꾸냐고 내가 하니까, 예리는 아마도 이번 전시회를 끝으로 자기는 한동안 작품을 하지 않을 것 같다고 했어. 놀라운 이야기였어. 지금의 예리는 작가로서 경력을 쌓기에 최적의 시기에 있으니까. 그럴 거면서 뭐 하러 외국까지 가서 학위를 받았냐는 내 말에 예리는 이렇게 대답했어. 네가 나한테 유학 가라고 하지 않았냐고. 그냥 그래서 가 본 거라고.

어렴풋이 내가 예리에게 유학을 가라고 했던 기억이 떠올랐어. 한동안 회화 작업에서 손을 뗐던 예리가 그림을 그리러 다시 실습실에 나올 때였지. 헤어졌던 사이라 조금 서먹했지만, 예리가 자주 실습실에 나오는 게 싫지는 않았어. 어쨌든 예리의 작품을 보는 것은 내게 자극이 되었으니까.

그날따라 예리는 캔버스에 물감을 자꾸 덧바르고만 있었어. 거침없이 그려대는 예리의 스타일이 아니었지. 무슨 고민이 있는 사람 같았어. 진전 없이 계속 물감을 덧바르던 예리가 옆에서 작업하던 내 쪽으로 돌아앉으며 물었지. 내 여자 친구는 어떤 사람이냐고. 난감하더라고. 그런 질문을 예리가 할 줄 몰랐거든. 망설이다가, 자기 인생을 사는 사람이라고 답했어. 내년에 여자 친구가 유학을 갈 거라, 괜히 내 마음이 바쁘다고도 했지. 그러다 나도 모르게 말했던 것 같아. 예리도 외국에 나가서 그림을 더 배워보면 어떻겠냐고. 새로운 환경에 있으면 지금보다 더 성장하지 않겠냐고. 그게 다야.

몇 년 후, 내 앞에 돌아온 예리가 말했지. 떠나보길 잘했던 것 같다고. 외국까지 가서 배운 건 사실 별것 없다고 했어. 딱 하나 배운 게 있는데, 그건 자기 자신에 대한 것이었다고. 가족에게서 물리적으로 멀어져 보고야, 가족이 문제가 아니라 자기 자신이 문제였다는 것을 깨달았다고 했어. 자기는 평생 부모에게 잘 보이고 싶어서 아등바등해 왔대. 그래서 가족이 눈

앞에서 안 보이면 다 해결될 줄 알았는데, 전혀 아니었다고. 바다를 건너 먼 타국에 가서도 보이지 않는 부모를 세워놓고 매일매일 인정 투쟁을 벌이는 자기가 있었다고, 예리가 말했지.

담담하게 이야기했지만, 예리의 눈가에는 눈물이 번져갔어. 예리를 달래주어야 하나 생각하던 그 순간, 가스레인지 위에 올려두었던 주전자에서 '삐이'하는 소리가 울렸어. 주전자 소리는 아랑곳하지 않고 예리가 이어 말했어.

그림을 그려서 인정받고 싶었다고. 잘한다고 칭찬 듣고 싶었다고. 그런데 이제는 안다고. 자기가 아무리 대단한 화가가 되어도 어차피 부모의 눈에는 들지 못할 거라는 걸, 이제는 안다고. 입술을 깨물며 예리가 말했지. 졸업하고 나면 예술을 관두고, 부모가 만나라는 사람을 만나 결혼하고, 남편 내조나 할 거라고. 이제는 대놓고 부모의 인정을 받는 것에 온 인생을 다 바칠 거라고. 부모가 하라는 건 뭐든 다 할 거라고.

가스레인지 위의 주전자는 아까보다 더 날카로운 소리를 내며 울렸어. 주전자를 옮기려고 돌아섰어. 아니, 돌아서려는데, 예리가 나를 막았어. "가지 마." 가려는 게 아니라, 주전자를 옮기려는 것뿐이라고 말하려고 했어. 그 순간, 예리가 다급하게 내 등을 끌어안았어. 그리고 말했지. 제발 오늘은 밀어내지 말라고. 같이 있어 달라고.

예리가 나에게 같이 있어 달라고 말할 때, 묘한 기시감이 났어. 예전에 나도 너에게 똑같은 말을 한 적이 있었으니까. 나도, 그날의 예리처럼 절박하게 너에게 매달렸었지.

춥고 흐린 날이었어. 새해의 전날이자, 그해의 마지막 날이었지. 우리는 손을 잡고 걷고 있었어. 장을 봐서 오는 길이었지. 집 앞 모퉁이를 돌아설 때, 누군가 내 이름을 불렀어. "윤오야!"

엄마였어.

처음부터 엄마가 너를 알아본 건 아니었던 것 같아. 오히려 처음에는 조금은 호기심 어린 눈빛으로 너를 바라보았지. 엄마는 그때까지 한 번도 내 여자 친구를 본 적이 없었으니까. 조금 후, 엄마의 표정은 얼어붙어 있었어. 형의 여자 친구였던 너를 알아본 거야. 짧은 비명을 지르더니, 엄마가 내게 물었지. 너희 무슨 사이냐고.

너를 설명할 다른 말은 없었어. 나는 너를 사랑하고 있다고 엄마에게 말했어.

엄마가 내 뺨을 때렸어. 맞은 입술이 찢어져서 비릿한 피 맛이 났어. 엄마는 절규하듯, 애원하듯 다시 내게 물었어. 너와 내가 무슨 사이냐고. 나는 다시 한번 더 말했어.

나는 너를 사랑하고 있다고.

엄마의 손이 다시 내 뺨으로 날아왔지. 그리고 울음이 섞인 목소리로 쏘아붙였어. 너네는 미쳤다고. 너네는 더럽다고. 너네는 벌받을 거라고. 아무리 세상에 여자가 없어도, 어떻게 형이 사귀었던 여자를 네가 만날 수 있냐고. 죽은 형이 알게 되면 어떡할 거냐고. 바락바락 악쓰면서, 엄마가 길 한복판에서 나를 때리고 또 때렸지.

이렇게 화를 내고, 폭언하는 엄마를 본 것은 처음이었어. 놀라고, 또 슬

펐지. 엄마가 우리가 만나는 걸 싫어할지도 모른다고는 생각했었어. 그래도 이 정도로 나를 비난하고 원망할 거라고는 생각하지 않았어. 어쨌거나 나도 아들이니까, 힘들기는 해도 나를 이해하려고 노력할 거라고 그렇게 생각했던 것 같아.

어쨌든 상황을 정리해야 했어. 계속 울고 화를 내는 엄마를 겨우 엄마 차에 태우고 본가로 내려갔어. 내려가는 내내, 조수석에 앉은 엄마가 내게 말했어. 이건 잘못된 일이라고. 내가 너를 만나는 건 광기이고, 병이고, 죄라고. 당장 서울집을 정리하고 본가로 내려오라고 했지. 그림이고 뭐고, 다 때려치우라고.

그날 밤, 서울로 올라오는 버스 안에서 마음이 복잡했어. 엄마는 내가 너를 좋아하게 된 것을 최근에 생긴 우연한 일 정도로 여기고, 내가 쉽게 마음을 접을 수 있을 거라 믿는 것 같았지. 그건 잘못된 생각이었어. 내가 너를 좋아한 건 정말 오래된 일이었고, 나라는 사람의 정체성이었으니까. 엄마가 만약 내가 그토록 오랜 시간 동안 너를 좋아해 왔다는 걸 안다면, 나를 어떻게 생각할지 궁금했어. 내 사랑이 광기이고, 병이고, 죄라면, 나라는 사람 역시 광기이고, 병이고, 죄가 될 테니까. 그 사나운 말들이 돌아오는 길 내내 내 마음을 날카롭게 할퀴어댔지.

두려웠어. 나처럼 너도 엄마의 말들로 상처받았을까 봐. 더욱 정확하게는 네가 나에게 정이 떨어져서 이별을 말할까 봐. 그런 너를 설득할 수 있는 그 어떤 말도 생각나지 않아서 더 무서웠어.

그날 밤, 다시 만난 너는 많이 초췌했어. 미안하다는 내 사과에 너는 내 부은 입술에 약을 발라주며 말했지. 네 잘못이 아닌데, 뭐가 미안하냐고.

절대 헤어질 생각은 말라는 내 말에, 너는 오늘은 피곤하다며 내일 다시 생각해 보자고 했어. 그런데 그 말이 꼭 헤어지자는 말처럼 들리더라. 그래서 나도 모르게 다급하게 너를 잡았어. 내게 가라고 하지 말라고. 제발 오늘은 내 곁에 있어 달라고.

아직도 그날 밤을 생각하면, 그 절박함이 생각나. 간절하게, 간절하게, 너를 잡고 싶다는 생각 밖에는 아무것도 생각나지 않던 그 밤이. 오직 한 가지 생각으로 마음이 터질 것 같던 그 밤이.

서른 번째 편지: 어디서 무엇이 되어

그 밤, 네가 헤어지자고 할까 봐 난 두려운 마음뿐이었지. 하지만 헤어질 거냐고 네게 차마 물을 용기도 없었어. 막막한 마음으로 네 곁에 있게만 해달라고 부탁할 때, 창밖에서 누군가의 함성이 들려왔지. 새해였어. 새해가 된 거였어.

속상하더라고. 나는 이토록 불안한데 누군가는 지금을 마냥 즐거워하고 있다는 게.

새해가 되었어도 우리 사이의 무거운 공기는 그대로였지. 너는 한참이나 말없이 거실 전구의 노란빛을 바라보다 가볍게 한숨을 내쉬며 내게 말했어.

"우리 브런치 쿠폰 다 모았잖아. 내일 거기서 봐."

다음 날 오전 열한 시. 나는 브런치 가게 앞이었어. 약속 시각보다 한 시간 이른 시간이었지. 그곳은 우리의 단골 가게였어. 문 닫는 날이 거의 없는 가게였고, 지난 크리스마스에도 열었던 곳이지만 그날은 묘하게 긴장이 되었어. 나비효과라는 게 있잖아. 하필 그날 가게가 쉰다면, 그게 어떤 암시처럼 작동해, 널 달래보지도 못하고 다 끝나게 될지도 모르니까.

다행히 가게는 열려있었어.

커피 한 잔을 놓고, 너를 기다리며 그곳을 다시 한번 관찰했어. 창 바로 아래, 볕이 좋은 테이블은 우리가 처음 이 가게를 온 날 앉았던 자리였어. 구석에 놓인 선반에는 여행책들이 열 맞추어 놓여있었지. 그중 한 권은 네가 좋아한다던 여행 작가가 쓴 스페인 기행이었어. 벽에 붙은 사진들도 보았지. 사장님이 이탈리아를 여행 중에 직접 찍었다는 사진들은 신기할 정도로 쨍하고 밝은 원색으로 가득 차 있었어. 이글거리는 태양의 온도가 사진 밖까지 밀려오는 듯했지. 플레인 베이글로 시작해서 레모네이드로 끝나는 가게의 메뉴도 다시 꼼꼼하게 읽었어.

최대한 침착하고 싶었거든. 어쩌면 몇 분 후, 나는 여기에서 이별의 말을 듣게 될지도 모르니까.

걱정과 달리, 그날은 다른 보통날들과 크게 다르지 않았어. 우리는 쿠폰으로 커피 한 잔을 추가하고, 샌드위치와 블루베리 팬케이크를 먹었어. 요즘 읽는 책 이야기를 하다가, 봄에 있을 선거 이야기도 했지. 어제 일 따위는 일어나지도 않은 것처럼 말이야.

가게를 나와서도 비슷했어. 우리는 평소처럼 겨울의 하얀 햇살을 받아 반짝이는 강을 따라 걸었지. 강을 따라 놓인 고가 도로를 받치는 기둥마다 크게 확대된 명화 패널이 걸려있는 그 길 말이야. 우리의 코스는 김환기에서 시작해서 이중섭까지 갔다가 다시 김환기로 돌아오는 거였어.

걸으며, 난 네가 우리 관계에 대해 무슨 말이라도 하기를 기다렸어. 불안해하는 동시에 또 기대하며. 하지만 넌 별말이 없었지.

결국 우리가 이중섭 그림 아래 잠시 멈추었을 때, 내가 먼저 용기를 내 네게 말했어.

어제 일은 미안했다고. 그렇지만 네 생각이 궁금하다고.

너는 아무렇지도 않은 목소리로 대답했어.

"잘생긴 얼굴이나 소중히 대해. 아직도 얼굴에 맞은 자국이 남았잖아. 다시는 누가 널 함부로 대하려고 해도 참지 말고. 그게 엄마라고 해도."

그리고 덧붙였지. "안 헤어질 테니, 쓸데없는 걱정하지 마."

나중에 나는 너에게 다시 물었었어. 그때 왜 나랑 헤어지지 않았느냐고. 네가 말했지. 그거 말고도 헤어질 일은 너무 많다고. 다른 사람이 좋아져서, 성격이 안 맞아서, 조건이 안 맞아서, 지겨워져서, 별다른 이유도 없이, 사람들은 헤어진다고.

그런데 너는 그럴 수가 없다고 했어. 선재가 떠났을 때, 너는 문자 그대로 세상이 무너지는 절망을 느꼈으니까. 할 수만 있으면 선재의 무덤에 같이 묻히고 싶을 정도로. 그랬기에 다음 사랑이 찾아온다는 말 같은 건 믿지도 않았다고 했지. 그래서 처음 나를 좋아한다는 감정을 느꼈을 때는 먹지도 자지도 못할 정도로 두려웠고, 그 두려움을 넘어 네 마음을 인정한 지금은 더 못 견딜 것도 없다 했어.

"이미 처음부터 각오했던 일이었어."라고 넌 말했지.

너무도 너다운 대답이었어.

지난주 예리가 다급하게 나를 안으며 자기를 보내지 말라고 했을 때, 나는 그날의 너를 생각했어. 그날의 네가 내 불안의 무게를 얼마나 거뜬하게 버텨내었는지를 떠올렸어.

예리가 나를 붙잡은 그 밤, 난 예리를 밀쳐내지 않았어. 대신 몸을 돌려, 있는 힘껏 예리를 안았어. 예리가 진정될 때까지 계속. 마침내 예리가 고개를 들어 나와 눈을 맞추었을 때, 말했지. 여기서 자고 가라고. 그렇지만 그 전에 차나 한잔 마시자고. 마침, 주전자의 물도 뜨겁게 달구어졌으니까.

예리는 내내 내 작업실에서 지내다 어제 오후 미국으로 떠났어. 예리가 우리 집에서 지냈다고, 내가 예리랑 같이 잔 건 아니야. 예리는 내 침대에서, 나는 거실 소파에서 잤으니까. 정말로 나답지 않은 행동이었지. 원래의 나라면, 우왕좌왕하다가 분명히 예리랑 잤을 테니까. 어떻게든 예리를 달래주고 싶어서 말이야. (재하를 잃게 될까 봐 두려워서 그랬던 건 아니야. 어찌 되었든 예리가 우리 집에서 며칠을 지냈고, 내가 그 사실을 재하에게 알리지 않았다는 사실은 변함없었으니까.)

그냥 그날의 행동은 예리를 위한 거였어.

예리를 억지로 달래고 싶지 않았어. 그러면 다시 불안하게 될 테니까. 그래서 그 시절 네가 나에게 해준 것처럼, 나도 예리에게 해줬어. 같이 이야기를 나누고, 같이 영화를 보고, 같이 전시회도 다녀왔어. 같이 밥도 먹고, 같이 차도 마시고, 같이 시간을 보냈지. 그러다 오랜만에 그때 그 길도 다녀왔어.

예전 우리 코스, 김환기에서 이중섭을 거쳐 다시 김환기까지 가는 강변길.

김환기의 그림 앞에 다시 섰을 때, 예리가 내게 물었어. 지금 예리와 나는 무슨 사이냐고. 예리에게 대답했어. 우리는 친구 사이라고. 서로의 행복을 진심으로 바라는 좋은 친구 사이. 많은 길을 돌아오긴 했지만, 우리는 정말 좋은 친구였으니까.

예전에 우리가 멈추어 섰던 곳. 이번에 예리와 다시 멈추어 서 있던 곳에 걸린 작품. 그 작품의 이름은 <어디서 무엇이 되어 다시 만나랴>였어.

서른한 번째 편지: 예술과 시간

가끔은 좀 이상하다는 생각이 들어. 매일매일은 황당할 정도로 비슷한데, 그 하루하루가 쌓이다 보면, 생각지도 못한 곳에 도달해 버리곤 하니까. 어제는 바로 그렇게 이상한 하루였어.

무슨 이야기를 하는 거냐고? 내 작품이 팔렸단 말을 하는 거야. 너도 아는 작품이야. 내가 <예술과 시간>이라고 이름 붙였던 그 작품이 팔렸어. 그것도 선판매야. 예리와의 공동 전시회까지는 내가 가지고 있다, 전시회가 끝나면 보내는 조건이야.

말도 안 되지? 이게 정말 현실인가 싶을 정도야. 처음에 전화를 받았을 때는 도대체 무슨 소리인가 싶었거든. 내 이름도 맞고 내 작품도 맞는데, 갤러리에서 판매로 나한테 연락할 리가 없으니까. 누군가가 나에게 사기나 질 나쁜 장난을 치려 한다고 생각했어. 어제 직접 갤러리로 작품을 가져가서 작품에 관해 이야기를 나누고, 서류에 사인하고야 실감했어. 사기도 아니고, 장난도 아니었어. 정말이었어.

진짜 이야기는 여기부터야. 어제 계약을 하고 나서 돌아오는 길에 기분이 이상하더라고. 내가 얼마나 오랫동안 그림을 팔고 싶어 했는지 너도 알잖아. 거기에 전시회 전에 이미 선판매라니. 이건 믿기지 않는 정도가 아니라 기적이 일어난 셈이야. 그런 일이 생기면 말도 안 되게 기쁘고 좋을 줄 알았거든.

그런데, 사람 마음은 알 수 없지.

갤러리에서 돌아오는데 기쁘지 않더라고. 곰곰이 생각해 보니, 그림을 팔기 싫어서 그랬던 거였어.

제대로 그림을 판 적이 없어서 몰랐었어. 좋아하는 그림을 판다는 것, 그래서 그 그림을 다시 못 본다는 게 어떤 느낌일지. 그림을 품에 안고 돌아오는데 마음이 시큰거렸어. 꼭 작품을 잃어버린 것 같아서.

그 그림은 우리가 헤어지기 서너 달 전쯤 그렸던 거야.

그때 난 너를 속이고 있었지. 너에게 약속했었잖아. 다시는 누군가가 나를 함부로 대하도록 허락하지 않겠다고. 그게 아무리 엄마일지라 해도 말이야. 난 그 약속을 지키지 못했어.

내 엄마였으니까.

그 시절 나에겐 두 종류의 일상이 있었어. 집 앞에 엄마의 회색 아우디가 주차된 날과 그렇지 않은 날. 회색 아우디가 없는 날들은 여전히 평온하고 충만했지. 그림을 그리고, 농담하다 웃고, 아르바이트를 다녀왔다가, 저녁을 만들어 먹었지.

반면 회색 아우디가 주차된 날은 내 영혼까지 소란스러워지는 날들이었어. 엄마는 강경했지. 너와 헤어지라는 엄마에게 나는 절대로 그럴 수 없다고 맞섰어. 엄마는 당장에라도 너를 만나야겠다고 나섰고, 나는 그러면 엄마 앞에서 나도 사라지겠다고 말했어. 우리는 서로에게 소리를 질러댔고, 그 말다툼은 형이 떠난 후 우리가 나눈 그 어떤 대화보다도 길었어.

엄마가 떠난 후, 자취방 냉장고를 열어보면 설명하기 어려운 기묘한 기분이 들었어. 귓속에는 아직도 아까 엄마에게 들은 저주 같은 말들이 맴도는데, 냉장고에는 빈틈도 없이 반찬이 꽉꽉 들어차 있었거든. 엄마가 전날 온종일 만들었을 그 반찬을 볼 때면 마음이 복잡했어.

엄마가 원하는 건 뭐든지 다 들어주고 싶었어. 엄마는 내게 소중한 사람이니까. 그런데 하필 엄마가 원하는 건 내가 들어줄 수 없는 단 한 가지였어.

그 시절 모든 감정의 끝은 자기혐오였던 것 같아. 내가 싫었어. 사랑조차 제대로 지켜내기 힘든 나의 무능이 싫었지. 엄마의 분노를 고스란히 받아내는 것밖에는 할 줄 모르는 나의 유약함도 싫었어. 여전히 엄마가 불쌍해서 마음이 아려오는 내 연민이 싫었고, 엄마가 자기 마음대로 꽉꽉 채워놓은 반찬을 먹지도 버리지도 못하는 내 우유부단함이 싫었어. 엄마가 너를 만나러 갈까 봐 두려워 어쩔 줄 모르는 내 불안 역시 끔찍했지.

이 그림을 완성하기 며칠 전, 작업실로 찾아온 네 손에는 포도주병이 들려있었어. 이상하게도 그날은 취기가 너무 금방 올랐어. 포도주를 한 모금 홀짝거릴 때마다, 행복한 걸까, 졸린 걸까, 구분할 수 없는 온기가 곧장 혈관을 타고 흘렀지.

그날 너는 소파에 누운 내 머리카락을 쓰다듬으면서 지구 반대편에 있는 폭포 이야기를 했어. 악마의 목구멍이라고 불리는 엄청나게 큰 폭포 이야기를. 다가가는 것만으로도 두려울 정도로 커다란 물소리와 소용돌이치는 압도적인 물살이 어우러져, 그곳은 마치 다른 세상 속 풍경 같았다고, 너는 말했지.

"윤오야, 그 폭포를 보기 전까지 나는 사는 게 싫었어. 삶은 예측할 수가 없고, 내가 좋아하는 것들은 결국 다 나를 떠나가니까. 그런데 그날 폭포 앞에서 생각을 바꿨어. 살아있지 않았다면 그렇게 큰 폭포가 있다는 걸 영영 몰랐을 거잖아."

속삭이던 네 목소리가 자장가가 되어 난 잠에 빠져들었어. 오랜만에 찾아온 깊은 잠이었지.

그날 밤을 떠올리며, 방금 혼자 포도주 한 잔을 마셨어. 그리고 이제 곧 내 손을 떠날 그 그림을 한 번 더 찬찬히 보았어. 신기하게도 더는 작품을 잃는다고 생각되지 않았어.

난 변화가 싫었던 거야. 작품을 팔고 싶다고 했지만, 말뿐이었어. 내 삶이 달라지는 것이 싫었던 것 같아. 마음 깊은 곳에서는 모든 게 그저 그대로 있기를 바랐다고나 할까.

하지만 네 말이 맞아. 삶은 변화의 연속이고, 사랑했던 건 떠나가지만, 그래서 다른 멋진 일도 생겨날 수 있는 거겠지. 이 그림도 마찬가지야. 나를 떠나야, 다른 시간 속 다른 사람들을 만날 수 있을 거야. 그러니까 이 작품이 내 손을 떠나는 건 이 작품의 입장에서는 또 다른 시작인 셈이야. 작가에게는 최고의 행운이지.

삶은 헤어짐의 연속이지만, 그래서 더 아름다울지도 몰라. 긴 시간을 건너서 과거의 네가 전했던 다정한 위로가 이제야 내게 닿았어.

서른두 번째 편지: 두부찌개

알고 있어. 모두가 자기 앞의 길을 걸을 뿐이라는 걸. 그런데 가끔은 내가 걸어야 할 그 길이 다른 길이었으면 하고 바라게 될 때가 있어. 각오하고 있었다고 생각했는데, 어쩌면 어리광을 부리고 싶은지도 모르겠어.

저번에 그림이 팔렸다고 이야기했잖아. 알고 보니 예리가 내 작품을 자기 인스타그램에도 올리고, 카탈로그도 만들어 돌렸더라고. 그래서 그림이 팔렸던 거였어. 예리는 촉망받는 작가니까, 예리한테 관심 있는 사람들이 꽤 많았겠지. 그런 예리가 내 그림이 앞으로 자기 그림보다도 더 유명해질 거라고 홍보해 주었대. 내 그림을 사 준 갤러리에 물어봐서 마침내 알게 된 거야. 예리가 나를 도와줬다는 걸.

고맙다고 말하려고 예리에게 전화를 걸었어. 신호가 몇 번 울리지 않아, 예리가 전화를 받았어. 활기찬 소음이 갑자기 전화기로 쏟아져 들어와서 좀 놀랐어. 여기는 밤인데 그곳은 한낮이더라고.

예리 덕분에 내 그림이 팔렸다는 인사에도 예리는 덤덤했어. 내 그림에 관심 있는 컬렉터가 있으니 곧 한 작품 정도가 더 팔릴 거고, 가을에는 홍콩에서 열리는 아트 페어에도 내 그림을 낼 계획이라 하더라고. 마치 자기 작품을 내놓는다는 것처럼 자연스럽게 말이야. 홍콩까지는 생각도 못 해서 나는 좀 얼떨떨했어. 우선은 전시회 준비를 잘하라면서 예리가 전화를 끊었어. 전화를 끊고 나서야 생각이 났지. 실은 예리에게 묻고 싶던 질문이 있었다는 게. 왜 내 작품이 예리 작품보다 낫다고 생각했는지 궁금했거든. 다시 전화를 걸어 물어볼 수도 있었지만, 예리를 방해하고 싶지는 않았어. 전화기 너머 들리는 낮의 활기 속에 예리를 남겨두고 싶었어.

다음으로 생각났던 사람은 재하였어. 무슨 일이 있을 때마다, 재하에게 말하지 않고는 못 배기는 사람이 바로 나니까. 그런데 이번만큼은 재하에게 연락하기가 망설여졌어. 의도하지는 않았지만, 결과적으로는 내가 재하에게 솔직하지 않았다는 걸 깨달았거든. 재하에게 예리가 한국에 왔을 때 나와 함께 머물렀다고 이야기하지 않았으니까. 갑작스러운 전화 한 통으로 진실을 말하고 싶지는 않았어. 적어도 얼굴을 마주하고 이야기해야 한다고 생각했지.

그리고 할아버지를 떠올렸어. 그림이 팔렸다고 말해도, 할아버지는 아마 내 말을 이해할 수 없을 거야. 그래도 나한테 활짝 웃어주겠지. 우리 할아버지는 언제나 내 편이니까.

마지막으로 엄마를 생각했지. 내가 작품을 팔았다고 하면, 엄마는 어떤 반응을 보일지 궁금했지만, 당분간은 서로 연락하지 않는 게 좋다고 생각했어. 결국은 말다툼만 벌이게 될 게 뻔하니까.

그렇게 밤새워 뒤척이다 겨우 잠이 든 덕분에 어제는 늦잠을 자버렸어. 정오가 다 되어 눈을 떴을 때는 복잡했던 마음이 조금 정리되고, 재하를 만나야겠다 싶었지. 퇴근 시간에 맞춰서 회사 앞으로 가겠다고 재하에게 문자를 보냈어. 아무것도 묻지 않고, 재하는 그러자고 했지.

재하네 회사 앞에 도착했을 때, 재하에게서 연락이 왔어. 아직 회의가 끝나지 않았으니, 회사 아래 카페에서 30분만 기다려달라고. 정확히 30

분 후, 카페에 내려온 재하는 말쑥한 남색 양복을 입고 갈색 드레스슈즈를 신고 있었어. 스키니 팬츠 위에 아노락을 펄럭이던 예전의 재하가 아니었지. 너무도 세련된 차림이라 낯설다는 생각이 들 정도였어.

재하가 오랜만에 학교 앞에서 술을 마시자고 했어. 택시를 타고 학교 앞으로 가서, 우리가 자주 가던 그 시절 그 반지하 술집에 자리 잡았어. 예전처럼 소주 두 병에 두부찌개를 시키고 재하와 마주 앉았어.

내가 알던 재하는 말이 많았는데, 어제의 재하는 좀 달랐어. 말이 없고, 조금은 피곤해 보였지. 우리는 한참을 가만히 마주 앉아 있었어. 허름한 학교 앞 소줏집의 분위기와 말쑥한 재하가 조금 안 어울린다고 생각할 때쯤, 두부찌개가 나왔어. 조미료가 잔뜩 들어간 그 집의 두부찌개는 재하가 특히 좋아하는 메뉴였지.

찌개가 놓이기 무섭게, 재하가 그 부글부글 끓는 찌개에서 뜨거운 두부 하나를 집더니 두 번 후후 불고 그대로 삼켰어. 뜨거워서 어쩔 줄 몰라 하면서도 재하는 나에게 엄지손가락을 치켜세웠지. 두부가 맛있다고. 너도 어서 먹으라고. 우리가 대학생일 때도 재하는 똑같았어. 그렇게 먹으면 입천장을 덴다고 말리는 나에게, 재하는 고집스럽게 말했지. 입천장을 홀랑 데는 것까지가 그 집 두부찌개의 맛이라고. 두부찌개를 먹는 재하를 보니, 안심되었어. 모습은 달라졌지만, 내가 알던 재하는 하나도 변하지 않았으니까.

잔을 채우면서 재하에게 말했어. 내 작품이 팔렸다고. 그것도 갤러리로. 재하는 빙그레 웃더니, 축하한다며 내 잔에 자기 술잔을 부딪치고, 단숨에 술을 털어 넣었어. 나도 내 잔에 담긴 술을 비웠어. 내가 술잔을 비우자, 재하가 재빨리 우리 둘의 술잔에 다시 술을 가득 채웠지. 나는 내 앞의 잔을 또 비웠어.

"술도 못하는 녀석이 좋긴 좋나 보구나."

재하가 사람 좋게 웃으며, 내 잔에 다시 술을 따랐어. 잔을 다시 가져가는데, 재하가 내 잔을 빼앗더니 대신 술을 마시더라고. 천천히 마시라면서. 고주망태가 된 나를 업고 다니고 싶지 않다고, 재하는 너스레를 떨었어.

더는 재하에게 숨기고 싶지 않았어. 재하는 내 친구였으니까.

"얼마 전에 예리가 한국에 왔었어. 그때 나를 찾아왔었어."

내 말을 듣고도 재하는 아무 말이 없었어. 한동안 두부찌개의 두부를 우물거리더니, 천천히 고개를 돌려 천장에 매달린 가게 모니터를 바라보았지. 모니터에는 샤이니의 뮤직비디오가 나오고 있었어.

"나 샤이니 팬인 거 알았냐? 예전에 샤이니 따라서 옷 입고 다녔었잖아."

분명히 내 말을 들었으면서, 아무 말도 못 들은 사람처럼, 재하는 샤이니 이야기를 늘어놓았어. 어렸을 때부터 샤이니 팬이었다고. 재하의 특이한 패션 취향은 잘 알고 있었지만, 재하가 샤이니를 그렇게 오랫동안 좋아한 줄은 몰랐어. 재하는 화면에서 시선을 떼지 않은 채, 연거푸 술잔을 입에 가져갔어.

마침내 뮤직비디오가 끝나고, 재하는 텔레비전에서 고개를 돌려 나를 잠시 바라보더니, 두부찌개에서 두부를 하나 더 건져 먹었어. 그리고 빙그레 웃으며 말했어.

"예리가 한국 왔던 거 알고 있었어. 걔가 네 작업실 주소를 누구에게 물어봤을 것 같니."

재하는 예리가 한국에 왔었던 것도, 나를 보러 왔던 것도 다 알고 있었던 거야. 내가 재하에게 어디까지 설명해야 할지 망설이고 있을 때, 재하가 다시 말했어.

"설명하지 않아도 돼. 둘이 내내 같이 지냈다면서? 이미 다 들었고, 내가 잘못 들었더라도 어쩔 수 없어."

어떤 말도 할 수 없었어. 대신 재하의 빈 술잔에 술을 채웠지. 내가 채운 술을 한 번에 털어 마시면서 재하가 말했어.

"내가 너에게 이 말을 하게 될 줄은 몰랐어. 그런데 앞으로는 너를 보기 힘들 것 같다. 이제는 좀 벅차. 그만하려고. 네 친구도. 예리 친구도. 그 이야기하려고 나온 거야."

무슨 변명이라도 하고 싶었어. 예리가 우리 집에서 지낸 건 맞지만, 사람들이 생각하는 그런 사이는 아니라고 말하고 싶었어. 그런데 그 말로 충분할지 확신이 서지 않았어. 그 말 역시 재하가 듣고 싶었던 말은 아니었을 테니까. 나는 재하에게 미안하다고 말했어. 정말로 미안했으니까. 재하가 달래듯 내게 말했어.

"네가 왜 미안해. 내가 제풀에 꺾인 거지. 그날 너희 집 주소를 알려주고, 후회했어. 이렇게 될 줄 알았거든."

알고 있었어. 영원한 것은 없다는 걸. 그렇지만 한 번도 재하와 멀어질 거라고는 생각해 본 적이 없었어. 재하는 재하였으니까. 쉽게 변하는 녀석이 아니었으니까. 너그러운 사람이었으니까. 나도 모르게, 재하가 나를 이해해 줄 거라고 생각했었나 봐. 언제까지나 우리는 친구일 거라고, 나도 모르게.

내 앞에 앉은 남색 양복을 입고 단정한 얼굴을 한 재하를 다시 바라보았어. 재하는 물기 없이 말간 얼굴로 내 눈을 응시하고 있었지. 고등학교 때, 우리가 처음 만났을 때부터 한 번도 변하지 않은 눈빛이었어. 언젠가 그만두게 될 걸 알더라도, 기죽지 않고, 오히려 끝까지 전력을 기울이는 사람만이 가질 수 있는 당당한 눈빛이었어.

가슴 속에서 뜨거운 것이 올라왔어.

내 눈시울이 붉어지는 걸 본 재하가 잠시 고개를 숙이더니 말했어.

"작품이 팔렸다니, 좋다. 축하해. 진심이야."

술집을 나서는 재하의 뒷모습 위로, 재하가 있어서 버틸 수 있던 날들이 주마등처럼 겹쳐 흘러갔어. 앞으로 내 인생에서 행복한 순간이 올 때마다, 난 어쩔 수 없이 재하의 빈자리를 떠올리게 될 거야. 그때마다 그리워하게 되겠지. 스키니 팬츠에 아노락을 펄럭이던 내 친구, 재하를 말이야.

서른세 번째 편지: 다정하게

그 봄, 나는 내가 너를 꽤 잘 속이고 있다고 믿었어. 엄마가 우리를 반대한다는 사실 따위는 일어나지도 않은 일처럼 지내고 있었으니까. 네가 외국으로 떠나기 전 몇 달 동안은 안 들킬 자신도 있었고. 이건 엄마와 나의 문제였으니까.

"우리 너무 무리하지는 말자."

어느 날 네가 내 손에 반창고를 감아주며 했던 말이야.

그날은 오랜만에 우리가 주말 내내 함께 있던 날이었어. 나는 감자를 깎다가 손가락을 조금 다쳤고, 너는 반창고를 감으며 내게 말했지. 너무 무리하지는 말자고.

네 말은 알 듯, 알 수가 없었어. 별다른 말이 아닌 것 같으면서도, 꼭 무슨 의미가 담긴 것 같았거든.

다음 날, 나는 재하를 만나러 갔어. 재하는 나보다 훨씬 여자의 마음을 잘 아니까. 내 이야기를 들은 재하가 알 없는 안경 너머로 내 눈을 째려보다 말했어.

"너희 엄마가 반대하는 거 네 여자 친구도 다 알아. 무리하지 말란 말은 네 거짓말을 다 알고 있다는 뜻이다, 요 녀석아."

그럴 리가 없다고, 정말 잘 둘러대고 있다고 말했지만, 재하는 내 말 따위는 들을 필요도 없다는 듯 내 어깨에 팔을 두르더니 속삭였어.

"네 연기는 완벽했겠지. 그런데 네가 하나 모르는 게 있어. 너, 진짜 바보라는 거. 네 여자 친구는 바보가 아니잖아."

자꾸 생각이 꼬리를 물게 될 때가 있잖아. 그때의 내가 그랬어. 무리하지 말라는 너의 말이 정말 재하 말대로 내 거짓말을 눈치챘다는 뜻이라면, 어떻게 해야 할지 밤새워 고민했지. 네게 사실대로 말해야 하는지, 아니면 계속 숨겨야 하는지 말이야. 답은 하나였어. 정면돌파. 너에게 묻는 것 외에는 방법이 없더라고.

저녁을 해주겠다고 너를 불렀지. 메뉴는 찹 스테이크. 엄마에게 배운 요리였어. 밑간한 고기를 네모지게 썰어 튀기듯 굽고, 그 위에 케첩과 간장, 다진 양파를 끓여 만든 소스를 부으면 완성. 우리 가족 모두가 좋아해서 어렸을 때는 축하할 일이 있을 때마다 종종 먹었던 음식이었어. 형이 떠나고 나서는 축하할 일이 별로 없었는지, 엄마와 둘이 먹은 적은 없었지만 말이야.

함께 저녁을 먹다, 너에게 물었지. 혹시 엄마가 우리 사이를 계속 반대하는 거 알고 있었냐고. 너는 나와 눈을 마주치더니 가볍게 고개를 끄덕거렸어. 그리고 아무렇지도 않게 다시 스테이크를 먹었지.

무슨 마음으로 내색조차 하지 않은 건지, 당황해하는 나에게 네가 말했어.

"곤란하면 언제든 헤어지자고 해. 괜찮아, 나는."

서운하더라고. 언제든 헤어지자고 하란 그 말이. 밥을 먹으며 아무렇지도 않게 나눌 이야기는 아니잖아.

"무슨 말을 그렇게 해. 방금 그 말 취소해."

물잔을 쾅, 하고 내려놓으며 네모진 목소리로 네가 말했어.

"그럼 다치지 마. 네가 자꾸 다치잖아. 지난 두 달 동안 네가 얼마나 꾸준하게 다친 줄 알아? 멍들고, 부딪히고, 베이고, 데이고. 그런데 어떻게 계속 널 만나겠다고 내가 고집부릴 수 있겠어?"

그리고 덧붙였지.

"윤오야, 우리 너무 무리하지는 말자."

얼굴이 화끈거려서 입이 떨어지지 않았어. 네 말이 다 맞았거든. 감춰지지 않는 혼란을 너무 쉽게 들킨 것도, 그래서 너 역시 이 상황을 견디게 만든 것도 다 내 잘못이었으니까.

며칠 후 넌지시 네게 물었어. 누군가를 좋아했던 걸 후회한 적은 없는지 말이야. 너는 별걸 다 묻는다는 듯 무심히 대답했지.

"좋아했던 걸 후회한 적이 있냐고? 그럴 리가. 사는 게 싫어진 적은 있어도, 좋아한 걸 후회한 적은 없어."

나는 다시 물었어. 그럼 그냥 후회되는 일은 없었는지.

"마지막 날 선재를 그렇게 보낸 게 늘 후회지, 뭐." 네가 말했어.

마지막 만났던 날, 너에게 손 흔들며 뒤돌아서던 그 모습이 여전히 생생하게 기억난다고 했어. 그날이 마지막인 줄 알았다면 그렇게 선재를 보내지 않았을 거라고 했지. 내가 다시 물었어. 만약 그날로 다시 돌아가게 된다면, 형에게 무슨 말을 하고 싶냐고.

너는 잠시 생각에 잠기다 밝은 목소리로 말했어.

"잘 가라고. 일요일에 보자고 말할래."

생각지도 못했던 말이었어. 차 조심을 하라든가, 빗길에 나가지 말라든가, 그래도 사고를 막기 위한 어떤 말을 할 줄 알았거든. 그냥 형을 보낼 거라곤 상상도 하지 않았었어.

놀라는 나에게 네가 설명했어. 이제는 너도 받아들이고 있다고. 선재가 그렇게 떠난 것은 우리가 막을 수 없는 일이었다는 것을. 그러니까 그 순간으로 돌아가 어떤 말을 하더라도 바뀔 건 없을 거라고.

그래도 그 순간으로 돌아갈 수 있다면, 네가 할 수 있는 한 가장 따뜻하게 말해주고 싶다고.

잘 가라고.

가장 진실한 마음을 담아서, 잘 가라고.

그리고 네가 먼저 돌아서는 대신, 이번에는 선재가 사라질 때까지 오래오래 지켜봐 주고 싶다고 했어.

네가 그 말을 하던 그 순간, 나도 생각했던 것 같아. 어쩌면 우리도 헤어질 수 있을지도 모르겠다고. 이제까지는 네가 없으면 내 인생은 무너질 거라고만 여겼지만, 그건 그저 나만을 위한 생각이었어. 헤어짐이 너에게 더 나은 일이라면, 어쩌면 우리도 헤어질 수 있다고 생각했지.

삶에는 헤어지냐 아니냐의 이분법보다 더 중요한 일이 있는 거니까. 내 욕심을 내려놓고, 너를 먼저 생각하는 게 사랑의 진짜 모습일 수도 있잖아. 그게 나에게는 가장 두려운 일이라 하더라도 말이야.

서른네 번째 편지: 공중을 날다

　오늘은 아침부터 예리와 싸웠어. 이른 아침에 메신저로 전화가 와서 받았더니 예리더라고. 나는 잠에서 다 깨지도 않았는데, 예리는 다짜고짜 아트페어 이야기를 꺼냈지. 200호짜리 그림이 내 작업실에 있는 거 봤다고, 그걸 내라고. 잠이 확 깨는 이야기였어. 그 그림은 안 팔 거였으니까. 그 그림은 팔지 않겠다고 아무리 말해도, 예리는 막무가내였어. 꼭 그 그림이어야만 한다고. 그 그림이 내 그림 중 제일 좋다고.

　절대 물러설 수 없었어. 결국, 크게 양보한 것처럼 예리가 말했지. 8월까지 무조건 다른 대단한 200호짜리 그림을 그려내라고. 말이 안 되잖아. 그림 크기를 목표로 그리는 화가가 어디 있어.

　놀랍게도 예리의 계획은 거기서 끝이 아니었어. 자기는 내년부터 그림을 접을 거고, 컬렉터가 될 거라고 했지. 자기가 컬렉터로서 키우는 첫 작가가 바로 나이기 때문에, 이제부터 나는 예리가 하라는 대로만 해야 한다는 거야. 그러더니 시그너처인 푸른색을 더 많이 쓰고, 눈에 잘 들도록 대비를 더 강조하라는 충고를 남겼어. 작품 제목은 자기가 알아서 지을 거니까 걱정하지 말라며.

　황당했어. 예리 혼자서 다 정한 거니까. 그림은 내 고유 영역이니 나는 굳이 예리의 조언을 따를 마음이 없었어. 그렇게 잘 아는 사람이 자기 그림을 그려 팔면 되지, 굳이 나까지 예리의 꼭두각시가 될 필요는 없잖아.

　"예리야, 나는 네 말 안 들어. 영원히 안 들을 거니까, 네가 그림 그만둔다는 헛소리나 그만둬. 네가 그림을 왜 그만둬. 그런 말, 화난다고 쉽게 하는 거 아니야."

그 말이 불쏘시개가 되어, 예리의 분노가 타올랐어. 우선 자기는 절대 쉽게 그림 그만둔 게 아니라고 나를 몰아붙였어. 또 그림을 그리는 것과 파는 것을 구별 못 하는 나의 어리숙함에 대해서도 화를 냈어. 작가로 살려면 시장을 보는 눈이 있어야 하는데, 나는 아직 멀었다며. 이번 기회를 놓치면 작가가 되기는커녕, 날품팔이나 하면서 살 거라고 악담을 쏟아냈지. 그린다고 그림이냐고. 팔아야 그림인 거라고.

예리가 화를 내는데, 기분이 나쁘지만은 않았어. 좀 이상하지만, 마음에 오히려 묘하게 생기가 도는 기분이었어. 예전에는 그런 예리가 부럽기도 했던 것 같아. 예리는 하고 싶은 말을 참지 않고 뱉어버릴 수 있으니까. 화가 나면 아무렇지도 않게 욕도 하고, 저주도 퍼부을 수 있는 사람.

내가 별 대꾸 없이 듣고 있으니, 예리의 목소리도 점차 가라앉았어. 내가 자기 뜻을 따를 거라고, 또 제멋대로 오해 중이었는지도 모르지만. 그렇게 조금은 가라앉은 목소리로 예리가 나한테 물었어.

"재하가 요새 연락이 안 돼. 재하에게 무슨 일 있어?"

그 순간 깨달았어. 예리라고 모든 감정을 다 쉽게 표현하는 건 아니라는 걸. 예리는 두렵다고 말하는 걸 어려워하는 사람이었어. 화는 낼 수 있지만, 불안은 절대 들키고 싶지 않은 사람. 하지만 오늘 예리의 불안은 너무도 뚜렷해서 지구 반대편의 나에게까지 전달될 정도였지.

무슨 말을 해야 할까 망설였어. 어디까지가 내가 전할 수 있는 내용일지 확신이 서지 않았거든. 내가 아무 말이 없자, 예리가 다시 물었어.

"재하랑 너는 연락해?"

"아니." 나는 겨우 대답했어. 그 외에는 어떤 다른 말도 해줄 수가 없었어. 주제넘게 느껴졌거든. 예리는 한숨을 쉬더니, 알겠다며 전화를 끊었어. 아까 매섭게 화를 내던 것처럼, 불안하다고 예리가 말해주면 얼마나 좋을까 생각했어. 하지만 완벽한 사람은 없어. 예리는 불안을 감추며 전화를 끊었어.

한참을 우두커니 앉아 있었어. 그렇게 앉아서, 예리가 말한, 작업실 한 면을 메우고 있던 그 200호짜리 그림을 바라보았지. 그림을 보니까, 더 확실하게 느껴졌어. 이 그림을 절대 내놓을 수는 없어. 적어도 지금은.

이 그림은 아직 다 그린 것 같지가 않거든. 이 그림과 함께 겨울을 벌써 네 번째 보냈지만, 그림 앞에 설 때마다 매번 느껴. 아직 완성되지 않았다고. 풀리지 않은 수학 문제처럼, 답이 아직 나오지 않았는데 노트를 덮을 수는 없지.

더 솔직히 말하면 저 그림만큼은 나도 잘 모르겠어. 얼마나 더 그릴지. 언제 다 그리게 될지. 처음부터 계속 그랬어. 저 그림은 뭐라고 설명하기가 힘들었지.

200호 캔버스를 사면서, 나도 좀 놀랐어. 그렇게 대작을 그리고 싶은 적은 없었으니까. 무작정 그 비싼 캔버스를 주문해서 작업실에 설치했어. 벽면 하나를 캔버스가 다 채웠지. 압도당할 줄 알았는데, 좋기만 하더라고.

네가 물었어. 저렇게 큰 캔버스에 뭘 그리고 싶은 거냐고. 나는 잘 모르겠다고 했어. 그렇지만 무언가가 나를 부르는 것 같은 기분이라고 답했지. 그게 뭔지는 아직 잘 모르겠지만. 너는 나도 모를 듯한 내 말을 다 이해하는 사람처럼 고개를 끄덕였고, 나는 왠지 또 구원받은 것 같은 기분이 들었어.

며칠 후, 작업실에 가보니 커다란 상자들이 작은 탑처럼 쌓여있었어. 상자 하나마다 물감이 빼곡히 들어차 있었지. 네 선물이었어. 그동안 연구실에 매일 나가서 돈 번 보람이 있다며, 너는 뿌듯해했어.

그날 이후, 네 번의 겨울이 지났지만 난 계속 이 그림을 그리고 있어. 아주 조금씩이지만 말이야. 신기한 건, 이 그림은 내 그림이지만 또 내 그림이 아닌 것 같다는 기분이 들어. 그림이 계속 달라지고 있거든. 아무리 큰 캔버스라고 해도 4년은 긴 시간이야. 매일 조금씩 그리다 보면, 내가 원래 그려 넣었던 것들은 사라지고, 새로운 이미지로 덮이지. 그 위로 또 다른 이미지들이 새겨지고, 덮이고, 새겨지고, 덮이지. 꿈결처럼 머무르다 사라져 버리는 거야.

그래서 이 그림을 그릴 때마다 이런 생각이 들어. 이 그림은 마치 깨어서 꾸는 꿈 같다고.

누군가는 의미 없는 일이라고 생각할지도 모르겠어. 곧 덮여버릴 이미지를 정성스럽게 그리는 게. 예리 말대로, 팔지도 않을 그림을 오랜 시간 정성 들여 그리는 건 바보들이나 할 일인지도 모르지.

그래도 안 팔리는 작가인 내 생각은 예리와 좀 달라. 곧 다른 이미지로 덮여버릴 그림을 그리는 것도 의미가 있어. 꿈을 꾸는 동안은 꿈이 삶이 되듯, 그리는 동안은 그리기가 내 삶이니까. 거기다 나는 알고 있잖아. 물감 아래에 뭐가 있었는지를. 남들은 못 보지만, 나는 뭐가 사라졌는지를 볼 수 있어. 그래서 그 그림이 내게 더 소중해.

어쩌면 나는 사라짐을 그리고 싶었던 게 아닌가 싶어. 부재를 알아채 줄 누군가가 없다면 아무것도 사라질 수가 없으니까. 그곳에 있었다는 기억이 있어야 사라졌다는 것 역시 알 수 있기에, 누군가의 마음속에서 여전히 실재하는 것만이 사라질 수 있어.

그러니까 사라짐을 볼 수 있다는 건, 소중히 여겼다는 증거야. 사라짐을 경험하고도, 여전히 소중히 여기고 있다는 증거이야. 아니, 사라져 버릴 것을 예감하면서도 소중히 기억하기를 선택했다는 거야.

그 마음이 내가 생각하는 아름다움의 본질일지도 몰라. 사라진 것을 여전히 보는 일. 사라짐과 애써 조우하는 일. 사라질 걸 알면서도 손을 내미는 일. 추락을 각오하고 공중을 나는 일. 그래서 샤갈의 연인들처럼 하늘을 날아 너에게로 가는 일. 꿈속에서나마. 그림 속에서나마.

서른다섯 번째 편지: 용기

　네가 내게 물감을 주었던 날, 나도 너에게 하고 싶던 말이 있었어. 걱정하지 말고 어디로든, 원하는 대로 나아가라는 말. 원하는 만큼 높이, 원하는 만큼 멀리, 마음껏 날아가라고. 네가 어디로 가든지, 네가 부르면 나는 언제든 네 곁으로 갈 테니, 그저 네 생각만 하라고. 먼 길을 떠나야 하는 너에게 그렇게 말해주고 싶었어.

　처음부터 그런 생각을 했던 건 아니었어. 네 앞에서는 아무렇지도 않은 척했지만, 혼자 남게 될 때면 불안했지. 그 무엇도 기약할 수 없는 긴 시간을 커다란 바다를 사이에 두고 버텨내야 한다는 게. 사실 몇 번이나 너를 잡아볼까, 생각하기도 했어. 떠나지 말라고. 아니, 너의 계획을 조금만이라도 늦춰달라고.

　하지만 너를 붙잡는 게 내가 진짜 원하던 일은 아니더라고. 내가 정말 바랐던 일은 네가 내 곁에 머물러주는 것이 아니라, 오히려 내 보폭을 넓히는 일이었어. 네가 있는 곳도 내 세계의 일부분이 되어 우리가 같은 곳을 보고 함께 걸어갈 수 있도록.

　그러니까 그날 내가 하려 했던 그 말은 마치 다짐과 같은 말이었어. 우리가 잠시 멀리 떨어져 있더라도 걱정하지 말라고. 내가 곧 너에게 갈 거라고. 지금이 아니라도 언젠가, 너에게 내가 꼭 갈 거라고.

　하지만 그 말을 하진 못 했지. 해결하지 못한 문제가 남아있었으니까. 그 문제를 해결하지 못한다면 난 어쩌면 너에게 갈 수 없게 될 테니까.

지금 생각해 보니, 쳇바퀴를 돌듯 같은 대화를 반복하면서도 엄마가 인정해 주기만을 계속 기다렸던 건 미련 때문이었어. 엄마에게 상처 주기가 싫어서, 그게 최선이라고 나도 모르게 믿어버렸던 것 같아. 언젠가는 엄마도 이해할 거라고. 그렇게 이해받고 모두가 행복해지는 그런 순간을 기대했던 거야.

그날 너에게 물감을 선물 받고 난 부끄러웠어. 그 물감이 얼마나 비싼 건지 알고 있었거든. 그 물감은 낯선 나라에서 네가 머물 곳의 집세가 될 수도 있었어. 배고픈 너의 속을 달래줄 한 끼의 따뜻한 식사가 될 수도 있었고, 비가 내리는 날 몸을 녹일 수 있는 커피 한 잔이 될 수도 있었지. 그 물감은 네가 잠 못 이룰 때 읽는 한 권의 책이 될 수도 있었고, 유난히도 차가운 네 손을 감싸줄 장갑이 될 수도 있었어. 그런데 그 돈으로 네가 나에게 물감을 사준 거야. 너의 집과 밥과 커피와 책, 그리고 장갑과 맞바꾸어.

더는 비겁해지고 싶지 않았어. 엄마와의 일이 잘 해결되어야 나도 너와 함께하는 길을 찾아보겠다고 말하고 싶지 않았어. 착한 아들의 가면을 쓰고 자신을 속이는 일은 그만두기로 했지.

그래서였나 봐. 그해 봄, 태어나서 처음 느껴보는 강렬한 갈망이 숨 쉴 틈도 없이 나를 집어삼켰어. 아주 멀고 오래된 바다에서 만들어졌을 것만 같은 낯설고 거대한 충동이 해일처럼 나를 휘감았다가 또 뱉어내었지. 매 순간 마음이 찢기는 듯 괴로웠지만, 자업자득이라고 생각했어. 오래전부터 거기 있었지만 응시하지 않고 묻어두었던 것들이 그제야 떠올라 밀려온 거였으니까.

자유롭게 살고 싶었어. 누구의 동생, 누구의 아들이 아니라 그냥 나이고 싶었어. 아버지가 없으니까 반듯하게 자라야 했고, 형이 일찍 떠났기에 엄마에게 잘해야 한다고 생각했어. 사실은 그러기 싫었는데 말이야. 아버지가 없어서 조바심치면서 지내온 건 엄마만이 아니야. 형이 떠나서 힘들었던 사람도 엄마만은 아니야. 나조차 잊고 있었지만 말이야.

내 삶을 살고 싶었어. 내가 가진 것에 대해 이자를 물고, 갖지 못한 것에 대해 부채를 지기 싫었어. 그냥 나 자신, 나로서 자유롭게. 북극에서 시작해서 대륙을 빗겨 미끄러지다가 적도에 닿는 해류처럼 자유롭게. 나만의 깊이와 리듬으로 살고 싶었어.

엄마가 그토록 너를 반대했던 건 단순히 세간의 도덕률 때문이 아니었을지도 몰라. 엄마도 어렴풋이 알았을 거야. 너로 인해 나라는 사람이 바뀌어 가고 있다는 것을.

벚꽃이 피기 시작하던 어느 날, 엄마 차가 집 앞에 세워져 있는 걸 봤어. 엄마는 차 안에서 혼자 울고 있었어. 원래라면 어쩔 줄 몰라 했을 거야. 그날은 달랐어. 그렇게 안쓰럽고, 불쌍하기만 했던 엄마가 마치 타인처럼 느껴졌어. 나는 서둘러 학교로 향했어. 지겨웠거든.

그리고 몇 분 후, 엄마에게 전화가 왔지. 나를 보러왔으니 잠깐 내려오라고. 나는 이미 학교에 와버렸다고 거짓말을 했어. 그렇게 전화를 끊었지. 마음이 가벼웠어.

몇 초 후, 내 안의 어떤 실 같은 게 뚝 끊어졌어. 엄마를 모른 척하고도 너무 아무렇지도 않은 내 모습에 나도 놀랐지. 엄마가 어렵게 우리 형제를 키워냈다고 생각해도, 사고로 떠난 형을 생각해도, 엄마가 얼마나 가여운지 생각해도, 나는 여전히 아무렇지 않았어. 그 냉정하고 서늘한 결심은 차마 부정하기 힘들 정도로 명확했지.

내 결심은 하나였어. 이해하고 싶지도, 이해할 수도 없는 엄마의 소망에 휘둘려서 내 삶을 유예하지 않기로 했지. 엄마도 알아야 한다고 생각했어. 그토록 의지하고 있는 아들이 실은 어떤 사람인지 말이야. 엄마가 나에게 품고 있는 환상을 부수는 것만이 엄마에게서 벗어날 수 있는 탈출구였어.

그날 저녁, 이번에는 내가 엄마를 찾아갔어. 이제까지는 엄마가 나를 찾아왔지만, 이번만큼은 내가 직접 엄마를 찾아가야 했어. 반드시 엄마에게 말해야 했거든. 나는 절대로 너를 포기하지 않을 거라고. 내가 사랑하는 사람이 떠나는 곳으로 나도 머지않아 떠날 거라고. 나는 이미 내 마음을 정했다고. 나는 이제 날아갈 거라고. 나는 날고 싶다고.

서른여섯 번째 편지: 샌프란시스코

가끔 나도 미국에 가고 싶다는 생각이 들어. 물론 너처럼 미국에서 생활하고 싶다는 뜻까지는 아니야. 새로운 곳에서 살아보는 것도 나쁘지는 않지만, 그림은 어디서나 그릴 수 있으니까. 그냥 좀 궁금해. 대체 어떤 나라이기에 사람들이 자꾸 그곳으로 떠나는지. 그 나라, 미국에는 아버지가 있고, 예리가 있고, 그리고 너도 있으니까. 그러니까 그저 가보고 싶은 거야. 어떤 곳인지.

고백하자면, 나 미국에 다녀온 적이 있어. 작년 여름에. 재하와 같이. 재하는 거의 매해 미국으로 휴가를 떠났어. 예리가 보고 싶어서였겠지. 그래도 몇 번이나 같은 곳으로 휴가를 가려면 핑계가 필요하잖아. 작년의 핑계는 나였어. 내가 아직 샌프란시스코에 안 가봤다는 이유였지. 재하가 나에게 같이 샌프란시스코에 가자고 말하는데, 나도 모르게 네 생각을 했어. 그 도시에서 멀지 않은 곳에 네가 다니는 학교도 있으니까. 한 번쯤 가보는 건 나쁘지 않을 거라 생각했어.

그렇게 큰 비행기를 타는 건 처음이었어. 커다란 비행기 안으로 사람도, 짐도, 끝도 없이 들어갔어. 그렇게 큰 비행기를 탔는데도, 미국은 참 멀더라고. 아주 한참이 지났다고 생각했는데, 비행기는 여전히 태평양 한복판이었어.

비행기가 북극 근처를 지날 때, 기내는 어두워졌고 재하는 잠이 들었어. 나는 가방에서 여행 책자를 꺼내 네가 다니는 학교에 대한 페이지를 펼쳤어. 이미 내가 거의 다 외우다시피 하고 있는 학교에 대한 설명 아래에는 학생들이 여유롭게 건물 앞 잔디밭에 누워있는 사진이 있었지. 나는 그 잔디밭 위에 마치 네가 누워있기라도 한 것처럼 꼼꼼히 그 사진을 보았어.

나도 모르게 언뜻 잠이 들었었나 봐. 방송 소리가 잠을 깨웠어. 비행기가 목적지에 거의 다 왔다는 방송. 사람들이 창문 커버를 올렸어. 창문에서 빛이 쏟아져 들어왔어. 깜짝 놀랄 정도로 환한 빛이었어. 한참이 걸려서야 눈이 적응할 정도로 환했지.

재하 눈을 피해 여행 책자를 다시 가방 깊숙이 밀어 넣고, 창밖을 내다보았어. 영롱한 청록색. 창밖은 온통 청록색이었어. 바다였지. 내가 아는 바다는 오로지 푸른빛이었는데, 그곳의 바다는 반짝이는 청록색이었어. 그 청록빛 바다 위를 눈 부신 빛이 새 무리처럼 떠다녔지. 다른 세계였어.

방송이 이어졌어. 공항이 조금 붐벼서 근처를 잠시 저공 비행하다 착륙할 거라는. 창밖으로는 육지가 모습을 드러내고 있었지. 내가 탄 비행기는, 붉고 선명한 골든 게이트 브리지를 지나, 칸칸이 구획된 상업 지구를 지나, 집들이 줄지어 늘어선 산등성이를 넘었지. 나는 눈을 크게 뜨고 아래를 내려다보았어. 네가 다니는 학교도 보일까 싶어서. 하지만 비행기는 곧 방향을 돌려, 아까의 청록빛 바다 위로 돌아가 버렸지.

여름의 샌프란시스코는 아름다웠어. 햇살은 나뭇잎 하나하나를 조명처럼 비추며 반짝거렸고, 바람은 옅은 바다 내음을 싣고 피부를 스쳤지. 더 근사한 일은 와인이 싸다는 거였어. 숙소 근처 슈퍼마켓에서 사 온 사워도우 빵에 햄을 끼우고 백포도주를 곁들여 브런치를 먹었어. 오후에는 리모

델링을 마치고 새로 개관한 현대 미술관에서 작품도 보았어. 도록이 아니라, 진짜 작품을. 밤에는 예리와 함께 차를 몰고 언덕에 올라 불빛으로 반짝이는 도시를 내려다보았어. 언덕 위 바람이 얼마나 세찬지 차 문을 제대로 열지 못할 정도였어. 도시를 보고 돌아오는 길에는 인앤아웃 치즈버거를 먹었어.

다음 날에는 자전거를 타고 골든 게이트 브리지를 건너 소살리토란 곳도 갔어. 갤러리가 많은 동네였어. 길모퉁이마다 다른 갤러리가 있었지. 젤라또를 먹으며 해변 도로를 걸었어. 비행기에서 볼 때는 분명히 청록색 바다였는데, 가까이 가서 보니까 그 바다는 남청색이었지.

토요일에는 케이블카를 타고 도시를 가로질러서, 초콜릿 회사가 운영한다는 관광지를 다녀왔어. 예전에는 초콜릿 공장이었던 곳을 개발한 곳이라는데, 붉은 벽돌로 지어진 근대식 건물들이 멋져서 스케치를 몇 장이나 했는지 몰라. 떠날 때, 기념으로 가게에서 초콜릿을 좀 사려고 하는데, 재하가 말렸어. 숙소 근처 마트에서 똑같은 걸 사는 게 훨씬 더 싸다며.

일요일에는 예리가 야구를 보여주었지. 바다가 한눈에 내려다보이는 야구장이었어. 레몬을 띄운 맥주를 마시며 야구를 봤어. 자이언츠가 이겨서 예리가 몹시 흐뭇해했어. 그리고 우린 새벽까지 카드 게임을 했지.

귀국을 이틀 남긴 밤이었어. 재하가 여행 마지막 날은 각자 보내자고 하더라고. 자기는 따로 만날 친구가 있다며. 난 재하의 말뜻을 알아챘지. 그래서 더 쾌활하게 답했어. 그러면 난 내일 숙소에서 쉬겠다고.

그 순간, 재하가 알 없는 안경을 테이블 위에 내려놓으며 다 들리게 혼잣말을 하더라. 그런 놈이 뭐 하러 궁상스럽게 여행 책자까지 사 와서는 같은 페이지만 닳도록 봤느냐고. 그 학교 가보고 싶어서 온 걸 자기가 모를 것 같냐고.

다음 날, 나는 네가 다니는 학교로 가는 기차에 몸을 실었어. 너를 만나겠다는 생각은 아니었어. 네 연락처도 모르는 데다가, 설사 우리가 만난다고 해도 아무것도 달라질 것이 없었으니까. 그저 내가 책자에서 봤던 사진 속 잔디밭을 찾고 싶었어. 정말 그런 곳이 존재하는지 확인하고 싶었거든.

혹시라도 내가 감상적으로 될까 봐 조금 두려웠지만, 그날 나는 아무렇지도 않았어. 기차역에서 내려 버스를 타고 학교 안으로 들어갔지. 학생 회관에서 점심으로 간단하게 파니니를 사 먹고, 서점에 가서 엽서도 샀어. 분수 옆 벤치에 앉아서 지나가는 사람들도 구경했어. 하늘은 구름 한 점 없이 파랬고, 조금 뜨겁고 건조한 바람이 자주 불었지. 목이 말라서 가방에서 물병을 꺼내서 물을 마셨어. 더위 때문인지 물맛은 조금 밍밍하더라고.

한 시간 넘게 돌아다녔지만, 여행 책자에 나온 잔디밭은 보이지 않았어. 나는 사진 속 잔디밭을 찾는 걸 포기하고, 나무 아래 벤치에 앉아 주변을 스케치했어. 애초에 이렇게 큰 대학 도시에서 사진에 나온 바로 그곳을 찾을 거라는 기대 자체가 말도 안 되는 거였으니까, 실망스럽지도 않았어. 이 정도면 괜찮은 여행의 마무리라고 생각했지.

다시 버스를 타고 기차역으로 돌아가던 길이었어. 버스가 코너를 돌자 익숙한 장면이 펼쳐졌어. 내가 책에서 보았던 그 잔디밭이 바로 눈앞에 있었어. 조금도 헷갈리지 않았어. 수없이 보았던 사진이었으니까. 버스가 신호에 걸려 잠시 멈추었고, 그 순간, 거짓말처럼 반대편 길에 서 있는 네가 보였지. 너였어. 정말 너였어. 너는 하얀색 티셔츠에 청바지를 입고, 지나가는 다른 사람들처럼 커다란 가방을 어깨에 메고 있었지.

우리가 헤어졌던 게, 마치 어제였던 것처럼 내 심장은 다시 무너져 내렸어. 너와 상관없이 이곳에 왔다고 애써 합리화하고 있었지만, 너를 다시 본 순간 깨달았어. 네가 보고 싶었다는 걸. 애초에 이 여행을 떠났던 건 너를 한 번만이라도 다시 보고 싶어서였다는 걸. 콧등이 시큰거리는 걸 애써 참았어. 눈물 때문에 네 모습이 흐려지는 걸 바라지는 않았으니까.

신호가 바뀌고, 버스가 움직였어. 나를 태운 버스가 너에게서 다시 멀어졌어. 네 모습은 저녁노을의 황금빛 속으로 서서히 사라져갔어. 너와 헤어지고 돌아서던 그날 저녁처럼 나는 소맷자락에 눈물을 훔쳤어. 기차에서 혼자 눈물을 흘리는 동양 남자가 걱정되었는지, 옆에 앉아 있던 여자가 나에게 물었어.

"Are you OK?"

괜찮다고 말하려고 했지만, 목소리가 나오지 않았어. 기차가 샌프란시스코에 도착할 때까지 내 눈물은 멈추지 않았어.

서른일곱 번째 편지: 4월의 눈

그날은 눈이 왔어. 4월인데도 눈이 온다며, 우리는 신기해했지. 그해 마지막 눈이었어. 그리고 전화가 왔지. 엄마에게 사고가 났다는. 눈길에 차가 미끄러졌다고 했어. 머리에 큰 상처가 생겨 수술해야 한다고. 응급상황이라고 했지.

마음 한구석에서는 알고 있었던 것 같아. 결국, 이렇게 될 거라는 거. 그저 나는 몹시 아름다운, 깨기 싫은 꿈을 꿨던 것뿐이었어. 꿈은 현실이 될 수 없다는 걸 알면서도, 모른 척하고 싶었지. 함께하고 싶었으니까. 언젠가 너에게 가고 싶었으니까.

너를 따라 나도 곧 미국으로 갈 거라고 엄마에게 말하던 날도 어쩌면 예감하고 있었을지도 모르겠어. 결국은 이렇게 될 일이었다고. 나는 너에게 갈 수 없을 거라고.

수술은 길었어. 엄마의 수술을 대기실에서 기다리는 동안, 무수한 기억이 오래된 창고 속 먼지처럼 흔들리며 내려앉았다가 흩어졌어. 대기실 시계의 초침이 한 칸, 한 칸, 움직일 때마다 희망이 내 온몸에서 모래알처럼 빠져나갔지.

엄마는 형이 떠나고 조금도 변하지 않았어. 한순간도 상실을 받아들이지 않았으니까. 형의 방은 언제나 형이 떠났던 그대로였어. 주변 사람들의 성화에 다른 집으로 이사를 나갔어도, 엄마는 예전에 우리가 살던 그 집을 팔지 않았어. 형의 방은 마치 박물관처럼 보존되었지.

시간이 흐르자, 형을 잊을 때도 되었다고 엄마에게 말하는 사람들도 있었어. 심지어 나조차도 그랬어. 내 삶을 살고 싶었으니까. 엄마가 나도 좀 바라봐 주었으면 좋겠다고 생각했어. 나는 죽지 않았으니까. 엄마가 형의 죽음 속에서 걸어 나와, 나를 응원해 주길 기다렸어. 나는 행복해지고 싶었으니까.

다 어리석은 생각이었어. 생각해 보면, 형을 잃은 그날부터 엄마는 더 잃을 게 없었던 것 같아. 형을 잃은 그날, 엄마는 사랑하는 다른 모든 것들도 다 놓아버렸으니까. 나도 포함해서.

엄마에게 직접 확인한 적은 없어. 그렇지만 나는 알고 있었어. 그날의 사고는 엄마의 선택이었다는 것을. 놀랍지는 않아. 그동안 엄마가 적극적으로 고통을 선택했듯이, 이번에는 적극적으로 사고를 선택한 것뿐이야. 이미 엄마의 숨은 형과 함께 멈춘 것과 마찬가지인데, 엄마가 무엇을 더 두려워하겠어. 형이 세상에서 사라져 버렸다는 사실에 순응하는 것 외에 엄마가 두려워하는 것은 아무것도 없었어. 외롭다는 말도 낯설 만큼, 철저하게 혼자인 엄마가 나를 멈추게 하려고 무슨 일을 못 하겠어.

슬프고, 또 한편으로는 홀가분했어.

나는 졌어.

나는 완벽하게 졌어. 나는 엄마에게 빛이 얼마나 아름다운지 보여주고 싶었어. 하지만 엄마가 내게 가르쳐주고 싶었던 건 다른 것이었어. 엄마는 어둠이 얼마나 무섭고, 깊고, 막다른 곳인지 내게 증명해 냈지. 엄마의 온몸을 던져.

엄마와 난 달라. 엄마는 형이 떠났다는 걸 부인하기 위해서라면 그 어떤 것도 할 수 있을 거야. 하지만 난 아니지. 모든 것을 던져서까지 이루고자 하는 일은 없어. 그렇게까지 해서 지켜야 할 것도 없어. 그저 내가 조금 더 부서지는 게 내게는 더 나았던 거야. 사랑을 한답시고 그 누구도 더는 상처 주고 싶지 않았어. 언젠가 네가 내게 말한 것처럼 사랑이 꼭 전부가 될 필요는 없으니까.

너를 떠나보낼 생각을 하면 마음이 아플 줄 알았는데, 내 마음은 오히려 침착했어. 아니, 조금은 기쁘기까지 했지. 네 안에서 타오르는 빛을 사그라뜨리지 않고, 네 손을 놓을 수 있어서 다행이라는 마음이었어. 너는 언젠가 훌륭한 학자가 되겠지. 내가 지켜봐 줄 수는 없겠지만 말이야.

헤어지자는 말은 필요 없었어. 이미 알고 있었으니까. 너도, 나도. 여기까지라는 것을.

너는 내게 말했어. 선재처럼 어느 날 갑자기 사라지는 이별은 싫다고. 마지막이면, 꼭 그날이 마지막이란 걸 알게 해달라고.

그 학기를 휴학하고, 엄마와 함께 본가로 내려갔어. 엄마는 조금씩, 조금씩 회복해 갔어. 더는 엄마를 사랑할 수 없었지만, 엄마를 이해하고 있었으니까, 나는 엄마 곁에 남았어. 나도 불행했지만, 엄마는 더 불행했어. 덕분에 우리의 불행은 서로를 방해하지 않았지.

그렇게 각자의 고독한 불행 속에서도 꽃은 피고, 나뭇잎은 푸르러지고, 높새바람이 불어왔다가, 늦은 밤 슬며시 비가 오더니, 장미 꽃잎이 붉게 물들었지. 네가 떠날 여름이 왔던 거야.

너에게 인사를 하러 가야겠다고 생각했지만, 차마 연락할 수가 없었어. 널 마주 보고, 이별을 말할 자신이 없었거든. 이미 너와 헤어졌는데도, 말이야. 할 수만 있다면, 눈물 없이 산뜻하게 이별하고 싶었지. 가슴을 아리게 하는 일은 이미 충분히 겪었으니까.

초여름의 어느 저녁, 예전처럼 버스 정류장 앞에서 너를 기다렸어. 버스가 다가왔다가, 멀어져갔어. 그때마다, 나는 네가 보고 싶다가도, 안도했어. 네가 나타나지 않는다면, 오늘은 너와 헤어지지 않아도 될 테니까.

막 뒤돌아가려고 하는데, 네가 자주 타던 버스가 정거장에 멈췄어. 그리고 그 버스에서 네가 내렸지.

우리는 너희 집까지 함께 걸으며 이야기를 나눴어. 유학 준비는 잘 되어 가는지, 엄마의 건강은 회복되었는지, 도와줄 일은 없는지 따위의 평범한 대화를.

아직도 눈앞에 있는 것처럼 기억할 수 있어. 그날 대지의 포근했던 열기와 셔츠 깃을 살짝 누그러뜨렸던 습도. 저물어 가던 태양의 진득한 오렌지빛과 가로수 잎사귀의 섬세한 떨림. 지나가는 차들의 낮은 엔진 소리와 발끝을 뗄 때마다 작은 마찰음을 내던 보도블록의 모양까지.

숨이 막혔어. 내 삶의 가장 소중한 것이 그 순간, 영원히 사라져가고 있었으니까. 다시는 돌아오지 않을 한 계절이, 바람이 손가락 사이로 빠져나가듯 내 온몸을 투과해 흘러가 버리고 있었지. 네가 건넨 이별의 인사가 짧은 떨림으로 내 심장에 머물렀다가 사라져갔어. 온몸의 세포 하나하나가 건조한 모래 알갱이들로 변해 부서져 내릴 것 같았지만, 나는 무너지는 대신 미소 지었어.

    네가 악수를 하자며 손을 내밀었어. 보통 너의 손은 차가웠는데, 그날만큼은 아주 따뜻했어. 나는 너의 손을 잡았어. 손이 닿았다가, 따뜻하게 맞닿았다가, 떨어졌어. 마지막이었어.

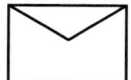

에필로그

에필로그

스페인의 작은 도시 빌바오에 있는 미술관 1층에는 리처드 세라의 <The matter of time>(시간의 문제, 혹은 시간의 물질)이라는 아주 커다란 설치 미술 작품이 있다. 작가는 쓸모를 다한 고철을 녹여, 성벽처럼 높다란 강철판을 만들었다. 그리고 그 강철판들을 물결처럼 매끄럽게 구부려 바닥에 서로 마주 보게 세웠다. 나란히 세워진 그 철판들 사이는 사람들이 지날 수 있는 통로가 된다. 관람객들은 휘고, 좁아지고, 넓어지는 그 통로를 걷는다. 한때 폐기되었지만, 다시 주조된 그 길을 누군가 걸어야, 시간이라는 질료가 완성되는 것처럼.

고철로 만들어진 물결 같은 통로를 걸을 때면, 난 자주 시간에 대해 생각한다.

시간은 신기하다. 단단했던 산업용 고철을 물결처럼 휘어진 예술의 통로로 만드는 것은 시간이다. 나를 이 작품 앞으로 데리고 온 것도 시간이었다. 대학교 강의에서 리처드 세라의 <The matter of time>을 접했을 때, 나는 평생 이 작품을 볼 수 없을 거로 생각했다. 스페인은 지구의 끝처럼 멀게 여겨졌고, 그때의 나는 내가 그렇게 먼 곳까지 떠날 수는 없다고 믿었으니까.

시간이 지나면, 많은 것이 변하고 또 달라진다.

예전의 나는 그렇지 않았지만, 지금의 나는 여행을 자주 다닌다. 3년 전에는 6개월 동안이나 빌바오에서 살기도 했다. 지구의 끝 같던 그곳이 한

동안은 내가 사는 동네가 되었다. 그리고 이제 내게 먼 곳은 지도에 존재하는 어떤 장소가 아니다. 나에게 먼 곳은 과거의 장소들이다. 다시는 가고 싶어도, 갈 수 없는 곳. 그런 곳이 먼 곳이 되었다.

시간이 흘러 달라진 것이 또 있다. 이제 사람들은 나를 작가라고 부른다. 평생 얻지 못할 거라고만 생각했던 작가라는 타이틀이 어느새 내게도 익숙해졌다. 너무도 간절하게 작가가 되고 싶었던 기억이 무색할 만큼.

예전에는 작가가 되면, 나도 내 작품에 대한 확신이 생길 줄 알았다. 하지만 작가가 되고 나서야 깨달았다. 그림 그리는 일은 언제나 쉽지 않다는 것. 아니, 작가가 되고 나서, 내 그림에 확신을 갖기가 더 어려워진 것 같다. 영점이 점점 더 작아지는 사격장에 선 사수가 된 기분. 다만 예전의 나는 내가 아무것도 아니라는 사실이 마냥 두려웠는데, 지금의 나는 내가 아무것도 아니라는 사실이 오히려 다행스럽다. 그림은 영원히 내게 낯선 일일 것이고, 나는 끊임없이 길을 잃고 또 길을 찾아 나서야 할 테니까. 대단치 않고, 별거 아닌 나이기에 아마 난 계속 그림을 그릴 수 있을 것이다.

시간이 흐르면서 반대로 쉬워지는 것도 있다. 과거의 나에게 어려웠던 문제들일수록 해답은 황당하리만큼 간단했다.

나는 재하와 다시 친구가 되었다. 어느 봄, 느닷없이 재하가 나를 찾아왔고, 그게 다였다. 우리에게 다른 말은 필요 없었다. 우리는 다시 게임을 했고, 돼지껍데기를 구워 먹었고, 재하는 술에 취했고, 나는 택시에 재하를 태워 보냈다.

예리에게도 많은 일이 있었다. 예리는 작가의 길을 접고 집안의 뜻에 따라 결혼했지만, 얼마 지나지 않아 이혼했다. 이혼 후, 예리는 다시 붓을 잡았다. 그리고 작년 여름, 예리와 재하, 두 사람은 결혼했다. 예리의 다른 가족은 아무도 결혼식에 참석하지 않았지만, 예리에게는 재하라는 새로운 가족이 생겼다.

엄마와 나는 여전히 평행선 같은 사이이다. 예전에는 그 평행선에 긴장이 팽팽했지만, 지금은 좀 느슨하다. 아무래도 수년간 서로 만나지 않아서일 것이다. 예전에는 내가 엄마를 떠나게 될까 봐 두려웠다. 엄마를 혼자 두고 싶지 않았다. 엄마마저 죽어버릴까 봐 두려웠는지도 모른다. 하지만 혜주에게 보내는 마지막 편지를 쓸 때쯤, 나는 엄마를 떠났다.

낯선 곳으로 떠나는 일은 생각보다 쉬웠다. 그냥 떠나면 되는 거였다. 떠나서야 알았다. 보이지 않는 부모를 세워놓고 인정 투쟁을 벌였던 건 예리만이 아니었다는 걸. 어차피 내 삶을 살아갈 사람은 나 자신이고, 누구의 인정이 아닌 나의 선택만이 필요한 일이었다.

그리고 혜주.

빌바오에 사는 동안 나는 거의 매주 리처드 세라의 <The matter of time>을 보러 갔다. 그리고 최대한 천천히 휘어진 시간의 통로를 걸었다. 이쪽 끝에서 저쪽 끝까지. 단단한 철로 응축된, 오래되었지만 동시에 새로운 시간 사이를 걸었다.

여름 소나기가 내리는 날이었다. 다른 많은 날처럼, 그날도 나는 시간의 통로를 걷고 있었다. 습한 공기를 타고 옅은 쇠 냄새가 올라왔다. 다른 방문객들의 낮은 속삭임이 통로 사이를 울리며 가까워졌다가 멀어졌다. 내 앞에 펼쳐진 길은 굽었다가, 좁아졌다가, 끊어졌다. 그리고 마침내 두 개의 통로가 마주하는 곳에 다다랐다.

    그곳에, 누군가가 있었다. 이상한 말이지만, 나는 아주 오래전부터 그곳에서 내가 다시 만날 사람이 누구일지 알고 있었다. 두 개의 통로가 마주하는 곳에서, 우리는 서로 마주 보고 웃었다.

나가는 글이자 또 하나의 편지

나가는 글이자 또 하나의 편지

10여 년 전, 가까운 누군가가 갑작스레 제 곁을 떠났습니다.

그때 처음으로 삶과 죽음이, 열차의 이 칸에서 저 칸으로 이동하는 것처럼 가까운 거리에 있다는 걸 배웠습니다. 압도적인 통증을 주었던 상실감이 떠나가자, 궁금증이 제 마음을 채웠습니다. 그 사람은 지금 어디에 있을까. 아니, 나는 대체 지금 어디에 있는 걸까. 내가 타고 있다고 믿고 있는 이 열차는 과연 어디로 가는 걸까.

그렇게 저는 누군가는 우울이라 부르고, 누군가는 방황이라고 부르는 그 안개 속 미로에 오래 남겨져 있었습니다. 아무리 헤매도 비슷하게 생긴 모퉁이를 돌면 결국은 막다른 길로 이어지는 미로 속의 시간이었습니다. 깊고 검은 숲에서 길을 잃은 듯한 하루하루가 끝도 없이 이어졌습니다.

이 소설은 그 미로 속을 걷던 시간 속에서 제가 스스로에게 들려주던 이야기입니다. 처음에는 그저 마음에서 떠오르는 작은 언어들을 줍고 싶은 마음이었습니다. 꿈속에서 잠깐, 길을 걷다 잠깐, 이메일에 답장을 보내다 잠깐, 떠오른 언어들을 적었습니다. 제가 스스로에게 해주지 못했던, 하지만 무의식 어딘가에 나를 위해 준비해 두었던 말들이었습니다.

어느 순간, 언어는 장면이 되고, 장면은 이야기가 되었습니다. 그렇게 이 소설을 만났습니다. 인물을 창조하는 방법도, 줄거리를 구성하는 방법도 몰랐지만, 신경 쓰지 않았습니다. 이 세상에서 단 한 명의 독자, 바로 저만 읽을 비밀스러운 소설이었으니까요.

하지만 글에도 운명이란 게 있는 모양입니다.

차를 마시다 잠깐, 지하철에서 이동하며 잠깐, 잠들기 전 잠깐씩 써 내려가던 소설을 거의 완성했을 때쯤, 믿기 힘든 일이 일어났습니다. 어느 날 노트북이 버벅거리더니, 그 많은 파일 중에서 제 소설 관련 파일들이 모두 소실되었던 것입니다. 손 쓸 틈도 없이 파일들의 용량은 0kb가 되었고, 그렇게 그 글은 애초에 존재한 적이 없었던 것처럼 사라져 버렸습니다. 저 외엔 누구도 알지 못 했던 소설의 상실이었습니다.

눈물밖에 나지 않을 만큼 허탈했습니다. 그리고 반성했습니다. 내 마음의 소리를 너무 가볍게 여긴 것을. 소설 따윈 아무것도 아니라고 생각했지만, 저에게 정말 아무것도 아닌 소설은 아니었습니다.

눈물 바람으로 용산 수리점으로 달려가던 아침, 제 유일한 희망은 파일의 복구였습니다. 다시 그 소설을 만날 수만 있게 된다면 뭐든 할 수 있을 것 같았습니다. 그렇게 2박 3일의 피 마르는 시간이 지나고, 다행히 복구되었다는 연락을 받았습니다.

그 이후로는 망설임은 없었습니다. 저는 그 글을 웹소설로 등록했습니다.

<혜주에게>는 2020년에 등록했던 온라인 웹소설을, 윤오가 혜주에게 보내는 서간문 형식으로 2021년에 재구성(인생 도서관)하여, 2024년 퇴고(서울의 시간을 그리다/뭐라도 쓰겠지)한 글입니다.

시간이 흐른 만큼 이 소설을 쓰는 동안 많은 일이 있었습니다. 하지만 변하지 않은 한 가지가 있다면, 바로 제가 앞서 말씀드렸던 그 미로입니

다. 저는 여전히 그 어둡고 깊은 숲 같은 미로 속에서 걷고 있습니다. 어쩌면 글을 쓰기 시작했을 때의 최초 목적지와는 꽤 다른 곳에 와 있는 셈입니다.

그러나 이 글을 쓰며 이제는 분명히 알게 된 사실이 있습니다. 검고 깊은 미로 속으로 내동댕이쳐졌던 것은 어느 날 일어난 우연한 사건이 아니라는 것, 오히려 삶이란 본래 오래된 미로를 걷는 일에 가깝다는 것입니다. 끝없이 이어지는 아리아드네의 실 같은 이야기를 따라 걸으며, 저는 그 진실을 비로소 깨닫게 되었습니다. 바라왔던 엔딩은 아니지만, 이보다 더 만족스러울 수도 없는 엔딩이겠지요.

유난히 눈이 자주 내리던 그해 겨울, 떨림과 설렘을 담아 윤오의 연애편지를 적을 수 있어 행복했습니다. 이 편지의 수신인이 되어 주신 분들이 있었기에 가능한 일이었습니다. 이 글의 독자 여러분께 진심으로 감사드립니다.

더불어 이 책을 만드는 데에 도움을 주신 분들께도 깊은 감사의 인사를 전합니다. 표지와 엽서를 비롯한 이 책의 이미지 작업 전반에 큰 도움을 준 최고의 디자이너 김형석 님, 부족한 작가를 믿고 성실히 진행을 도와준 정창훈 님의 도움으로 책을 만들 수 있었습니다. 작품의 초고 작업에 도움을 주셨던 <인생 도서관> 아키 선생님과 문우들, 아타 님, 희망 님, Lucky charm 님, Chic 님, Flow 님과 Flower 님, Roselyn 님, 풀다 님께 감사드립니다. 역시 퇴고 작업에 도움을 주셨던 <서울의 시간을 그리다> 글쓰기 수업의 김희성 선생님과 유정 님, 계숙 님, 화진 님, 명순 님, 기태 님 및 다른 문우들께도 감사의 말씀을 전합니다. <참여연대> 꿈 투사 수업의 고혜

경 선생님과 인숙 선생님, 그리고 수강생 여러분들께도 작품의 구상 및 전개에 대해 빚진 게 많습니다. 마지막으로 우리 가족, 다비, 토리, 올리와 남편에게 사랑한다는 말을 전하고 싶습니다.

 가장 소중한 로맨스는 자신의 내면과의 연결에서 피어난다고 합니다. 여러분 자신이 언제나 가장 뜨거운 로맨스 스토리의 주인공임을 기억해 주시길 바라며, 이 글을 마칩니다.

 2024년 12월 어느 겨울밤,

 주은 드림

 p.s. <나가는 글>을 적어 내리던 주말, 어린 시절 제 편지의 오랜 수신인이었던 전람회 서동욱 님의 부고 기사를 읽었습니다. 직접 대화를 나눈 적은 없지만, 그분의 음악은 이미 저의 일부분이 되었습니다. 오랜 시간 제 편지 속에서 다정한 이름으로 남아주셨던 것에 깊이 감사드립니다. 그곳에서도 평안하시길 바랍니다.

혜주에게

초판 1쇄 발행 2025년1월 20일

지은이 주은
펴낸이 정민욱

디자인 김형석, 정민욱, 정창훈, 주은
일러스트 김형석

펴낸곳 다토올 북스 **출판등록** 2024년 11월 12일 제 2024-000091호
이메일 minwookjeong@gmail.com

ISBN 979-11-990213-0-3 03810

• 이 책의 표지, 본문, 쪽번호에는 각각 Diphylleia의 산하엽체, 네이버의 마루부리와 나눔고딕 글꼴이 적용되어 있습니다.